ネモフィラは左手を開いて、そこに全霊の力を込める。
「【判定《ジャッジメント》】……」
このスキルは、相手の〝罪の重さ〟に応じて発動効果が変わる。
ネモフィラ・アミックス

「【反逆罪《リベリオン》】」
アロゼ《(ロゼ)》・フルール
「お嬢様ああああああ!!!」
ミンティ・ブランシュ

「この力をどのように使ってもらっても、私たちはまったく気にしないわ」
「いつでも私たちを頼ってくださいね。微力ながらお助けしますから」
ローズ・ベルミヨン
コスモス・エトワール

2
はじまりの町の育て屋さん
追放された万能育成師はポンコツ冒険者を覚醒させて最強スローライフを目指します
万野みずき
イラスト 大空若葉

CONTENTS

The Nurturer of the Town of Beginning

The exiled versatile breeder awakens the adventurer
and aims for the strongest slow life

序章

駆け出し冒険者の町――ヒューマス。

コンポスト王国の中央部に広がるリーフ領に、その町はある。

危険な魔獣区域が付近にはなく、安定した治安と快適な気候で人々が穏やかに暮らしている。

かく言う僕もこの町でのんびりとした生活を送らせてもらっている。

特に町の東区にある住宅区は、昼間になっても人の往来があまりなく、家にいると外の喧騒もまったく聞こえてこない。

そのせいもあるのか、僕はたまに昼過ぎまで眠ってしまうことがある。

「ん」

そして今日も眠気に身を任せて、僕は惰眠を貪ったのだった。

育て屋を開業してから、早くも一ヶ月と半分が過ぎた。

激動だった勇者パーティー時代に比べて、今はのんびりとした暮らしをしているが、一ヶ月半が過ぎた今でも客足はまるで伸びていない。

やはりろくに宣伝していないのと、まだ怪しまれているというのが原因だろう。

とりあえずはローズが不定期に、僕が負担した解呪費を返しにやって来てくれるので、それを頼りにさせてもらっているけど。

……ていうかそろそろ起きるか。

「……んっ」

ゆっくりと瞼《まぶた》を持ち上げてみると、見慣れた天井が視界いっぱいに広がった。

……いや、広がることはなく、ぼやけた視界には〝黒い何か〟が映り込んだ。

なんだろうこれ？　そう思いながら寝ぼけ眼をパチパチとさせて、なんとか焦点を合わせると……

なんと目の前には〝黒髪の幼女〟がいた。

「………えっ？」

予想外の光景を目の当たりにして、呆気に取られてしまう。

幼女は具体的には、ベッドで仰向けに眠っている僕の顔を横から覗き込んでいた。

彼女とばっちりと目が合って、お互いに固まってしまう。

「……お、おはよう？」

とりあえず寝覚めの挨拶を送っておく。

するとぽかんと間の抜けた顔をしていた彼女は、『ボンッ！』という効果音が出るくらい一気に顔を真っ赤にさせた。

直後、慌てたように飛び退《すさ》り、足をもつれさせて尻餅をつく。

「びび、びっくりさせるんじゃないわよ！」

「……いや、それはこっちの台詞《せりふ》では？」

起きた瞬間に目の前に誰かがいたんだから。

「なんでコスモスが僕の部屋に……？」

僕は体を起こしながら欠伸《あくび》交じりに問いかける。

星屑師《ほしくずし》コスモス。

エトワール伯爵家から追い出された少女で、実家を見返すために育て屋を訪ねて来た。

ただの石ころしか飛ばせない魔法使いとして、父や兄から蔑まれていたが、星屑師の持つ詠唱スキルの真価を発揮して、見事に実家を見返すことに成功したのである。

コスモスはあの一件以降、ローズに並ぶほど顔を見せてくれる常連となった。

だから僕の家にやって来ること自体は珍しくはないけれど、断りもなしに入って来たのは初めてだな。なんでこんな大胆な盗人みたいなことを？

「い、いくらノックしても返事がなかったから、何かあったのかと思って勝手に上がらせてもらったのよ。外出中の札も掛かってなかったし」

「あぁ……」

こちらの疑問を感じ取ったコスモスが、すごく正当性のある理由を話した。

「ごめん、寝てて気が付かなかった。この部屋で寝てるとノックとかまったく聞こえなくて……」

「にしたって警戒心がなさすぎるでしょ。鍵も開けっ放しだったし、私が部屋に入ってもまったく起きなかったし、もう少し気をつけなさいよね。私なんて何して待ってたらいいかわからなかったわよ」

それは申し訳ない限りである。

それにいくら治安がいい町だからといって、物盗りがまったくいないわけではないから。

「ていうか、部屋まで来たなら律儀に待たずに、すぐに起こしてくれたらよかったのに」

「いや、その、随分と気持ちよさそうに眠ってたから、起こすのも悪いと思って……」

コスモスはなぜか頬を赤くしながらそっぽを向いてしまう。

まあ、そんな気遣いのおかげでぐっすり眠れたわけだから感謝しなくちゃね。

「とにかく、もうこんなことがないように、呼び鐘かノッカーくらいは付けておきなさいよね。貴重なお客さんを逃しちゃうことだってあるかもしれないんだから」

「ここはお屋敷とかじゃないから、ノックするか声を掛けてくれたら充分な気がするんだけど……」

「いや、現に私のノックにはまったく気付いてなかったじゃない」

という鋭いツッコミに、僕は冗談交じりに返した。

「コスモスは非力で手も小さいからね。ノックの音も物凄く小さかったんじゃないかな?」

「へぇ、そう。なら今度からは魔法撃って知らせるわね」

「この家がなくなるわ！」

詠唱した『流星《メテオ》』をこの家に撃ち込まれたら、ノックどころの騒ぎではない。

完全にこの家が吹き飛んで、最悪東区の住宅地区が丸ごとなくなってしまうではないか。

最近ますますスキルのレベルを上げているということなので、余計に恐ろしい。

そんな冗談交じりのやり取りをしながら、僕はおもむろにベッドから立ち上がる。

お客であるコスモスが来たということで、寝起きだが持てなしの準備をすることにした。

と言っても、軽めにお茶とお菓子を出すくらいだけど。

「それで、今日はどうしたんだ？」

「またお金を払いに来たのよ。昨日の魔獣討伐でそこそこ稼げたし、今日で一気に払っちゃおうと思って」

それを聞いて、僕は〝なるほど〟と頷く。

現在ローズの他に、コスモスも不定期に僕のところにお金を持って来てくれる。

というのも、コスモスは育成依頼の報酬金額がかなり跳ね上がってしまい、懐への負担を考えて少しずつ払ってもらうことになったのだ。

『レベルが一つ上がる度に３００フローラ』

それが育て屋の金額設定で、駆け出し冒険者にも支払いやすい額にはなっているが……

「別に天職のレベルの分だけでいいって毎回言ってるのになぁ。僕だって最初はそのつもりだったし、コスモスの依頼を引き受けた時も別にそこまで取るとは言わなかったし」

「そういうわけにもいかないでしょ。私の場合は天職よりも〝スキルのレベル〟の方をたくさん上げてもらったわけだから、その分を払わないと不平等になるじゃない」

コスモスの場合は天職よりもスキルのレベルの方が大幅に成長した。

だから彼女はその分を払うと言っているのだが、僕としてはスキルのレベルまで含めると明言していなかったので報酬を受け取るのは気が引ける。

「私が払いたいんだから、あんたは大人しく受け取っておけばいいのよ。ただでさえあんた金銭的に厳しい状況なんでしょ？」

「うっ……！」

まあ、今はぶっちゃけローズが返しに来てくれるお金が頼りみたいなところはあるけど。

彼女のお母さんを助けるために、貯金を取り崩して莫大な解呪費を立て替えたわけだし。

最初はその貯金でスローライフを送ろうと思っていたけど、それがかなり削れて今は育て屋としての稼ぎもほとんどないし。

そういえば冒険者階級も五級になっているからそっち方面で稼ぐことも難しいのか。

やはり日雇いのバイトでもするしか……なんて憂鬱な考えが脳裏をよぎった時、コスモスが焼き菓子を頬張りながら不意に言った。

「そういえばそろそろこの町で昇級試験があるわね」

「えっ？」

「五級から四級に上がるための、冒険者の昇級試験よ。せっかくだからあんたも受けてみれば？」

昇級試験か。

以前にローズが受けているところに立ち会ったのが記憶に新しい。

基本的に一ヶ月周期で開催されるものなので、あれからすでにそれくらいの時間が経っているというわけか。

「一週間後のお昼に執り行われるって話で、よかったら私と一緒に受けてみない？　あんたならたぶん余裕で合格できるでしょ。ていうか不思議に思ってたんだけど、なんであんたが私と同じ五級冒険者なのよ？」

「そ、それは……」

怪訝《けげん》な目を向けられて、僕は思わず言い淀む。

そういえばコスモスには説明していなかったんだった。

僕が元勇者パーティーのメンバーで、一級冒険者として活動していたことを。

育成師のアロゼだと知られるのが嫌だから話していないだけだけど。

「こんなこと言うのは癪《しゃく》だけど、あんたの実力なら二級くらいになっててもいいはずでしょ？　だからずっと変だなって思ってて……」

「癪とか言うなよ」

そこは素直に褒めてくれてもいいのに。

「何か五級のままでいなきゃいけない理由でもあるの？　誰かに脅されてるとか？」

「いや、別にそんな複雑な理由はないけど」

「なら私と一緒に次の昇級試験を受けなさいよ。四級になれば受けられる依頼の範囲がすごく広がるし、育て屋での集客が上手くいかなくても、最悪自分で討伐依頼を受けてお金を稼げるわけなんだから」

確かにそれもそうなんだよなぁ。またいつ大きな出費を強いられるかもわからないので、今のうちにきちんとした基盤を作っておきたいところだ。

「何より冒険者階級を上げておけば、〝育て屋としても利点〟があるんじゃない？」

「育て屋として利点？　冒険者階級を上げることの利点って、例えばどんな……？」

「現状、お客さんが少ないのは、育て屋が怪しまれてるせいでしょ。それならあんた自身が冒険者として階級を上げて、確かな実績を残せば信用を得られるんじゃないの？」

「ほ、ほぉ……？」

そういえばコスモスが初めてここに来た時も、僕の実力をすごく疑っていたな。

本当にこんな奴に任せて、自分は強くなることができるのだろうかと。

確かにそういった信用がないとお客さんだって寄って来ない。逆に実績があればそれを宣伝材料にすることで集客に繋《つな》げられるかも。

「私も最初、冒険者ギルドで育て屋の宣伝用紙を見た時、興味は惹かれたけど怪しくて頼ろうっていう気にならなかったもの。どんな人が成長の手助けをしてくれるんだろうって」

「そ、そういえば、具体的に僕のことって書いてなかった気が……」

「だから育て屋がどんな人なのか、どんな実績を持ってる人なのかを書いておけば、それだけでも信頼度は上がるんじゃないの？　その宣伝材料に冒険者階級はぴったりでしょ。ていうか普通これくらいのことは思いつくはずでしょ！」

……確かに。

宣伝意識が低すぎるあまり、そこまで考えが至らなかった。

現状、これといった宣伝要素がないので、冒険者階級を上げて材料にするのは得策かもしれない。

「育て屋の宣伝のために昇級試験を受ける、か……」

「ええ。仮に宣伝にならなくても、懐事情に困ったいざって時に、高難度の討伐依頼を受けることができるでしょ。階級を上げておいて損はないんじゃないかしら？　…………私とも、パーティー組めるかもだし」

「んっ、なんか言った？」

「な、なんでもないわよ！　とにかく一週間後の昇級試験には一緒に出るわよ。そこで四級冒険者になりましょう」

心なしか、コスモスは頬を赤らめて、何かを誤魔化すようにバクバクとお茶菓子を頬張った。

そして卓上の物をあらかた平らげると、『ごちそうさま』と言って席を立つ。

次いでお金の入った巾着袋を机に置き、その流れで彼女は玄関の方に向かって行った。

「じゃあ、私はもう行くわね。今日も討伐依頼に行かないといけないし」

「最近忙しそうだけど、体調とか大丈夫？　あんまり無茶はしない方が……」

「わかってるわよそれくらい。自分の体のことなんだし」

コスモスはムスッと頬を膨らませながら外へと飛び出す。

そのまま行ってしまうかと思ったら、彼女はくるりと振り返って眩《まぶ》しい笑顔を見せてきた。

「それに、あんたに強くしてもらったおかげで、最近冒険が楽しいのよ！」

怖いような頼もしいような、そんな台詞を残してコスモスは去っていった。

石ころを飛ばすことしかできず、自嘲的になることが多かった後ろ向きな魔法使いの面影は、今はすっかりない。

◇

それから一週間後。

コスモスから聞いた通り、昇級試験が執り行われることになった。

僕は事前に前の日に参加申請をしておいて、その際に手続きをしてくれた受付嬢のテラさんにはすごく驚かれてしまった。

いよいよ僕が精力的になってくれて嬉しいと。

僕、そんなに怠け者に見えていたのかな？

そんなテラさんに聞いた通り、僕は昇級試験のために町の西にある森の前までやって来ていた。

同様に他の受験者たちも森の前に来ていて、物々しい雰囲気に包まれている。

「頑張ってくださいロゼさん！　コスモスさん！」

「応援に来てくれてありがとね、ローズ」

その中で僕たちは、我ながらなんとも呑気《のんき》なやり取りをしていた。

応援に駆けつけて来てくれたローズには感謝である。

とは言っても、今回の試験は森の中でやるみたいなので、付きっきりの応援はできないだろうけど。

でもまあ……

「今回は町の近隣で行われる試験じゃなくてよかったよ」

「えっ、どうしてよ？」

「いや、〝どうして〟って、自分の胸に手を当てて聞いてみなよ」

コスモスが真顔で聞き返してきたので、僕は思わず呆れてしまった。

するとコスモスは僕に言われた通りに、杖を持っていない左手をそっと自分の〝胸〟にかざす。

そういう意味じゃないんだけどなぁ。

瞬間、彼女はピクッと何かに気が付いて、目を糸のように細めてこちらに向けてきた。

「今、『その〝ない胸〟にね』とか思ったでしょ」

「思ってないよ！　被害妄想が過ぎるだろ！」

どれだけ自分の胸に自信がないんだよ。

じれったいと思った僕は、率直に伝えることにした。

「今のコスモスの魔法だと、下手したら周囲の地形すら変わるかもしれないだろ。もし町の近くで昇級試験が執り行われて、何かの間違いを起こしちゃったとしたら……」

「まあ、ヒューマスの町が無くなるかもね」

もうすぐで卵が売り切れちゃうかもね、ぐらいの気軽さで言うんじゃない。

今のコスモスの魔法なら、本当に地形を変えることも容易《たやす》いので、少しの手違いで町を吹っ飛ばすことだってあるかもしれないんだぞ。

上手く加減ができるような魔法でもないし、もう少し自分の強さを自覚して気を配ってほしい。

「安心しなさい。この試験でそこまで大規模な魔法を使う予定はないから大丈夫よ。とりあえず【高速流星《リゲル》】と【浮遊流星《アルタイル》】だけで乗り切ってみせるから」

「た、頼むぞ本当に……」

少し気に食わないことがあったからって、その拍子に【流星《メテオ》】とか【流星群《メテオラ》】とか使うんじゃないぞ。

密かにそんな心配をしていると……

「それじゃあこれより～、昇級試験を開始しま～す」

どこからか、眠気を誘われるような、間延びした声が響いてきた。

「昇級試験に参加する冒険者さんたちは～、森の入口前に集まってくださ～い」

僕たちに集合の合図を出したのは、白シャツと黒パンツを着た若い女性だった。

金色のショートヘアに、とろんとした眠そうなまなこ。

今にでもその場に倒れて眠ってしまいそうな、ウトウトとした様子を見せている。

ギルドでも何回か顔を見たことがあるギルド職員さんだ。

いつも眠たそうな様子ながらも、正確に受付業務をこなしていて、そのギャップと整った顔立ちから駆け出し冒険者の間にも密かなファンがいると聞いている。確か名前は……

「私が今回の試験監督を務める～、エリオント・リュミエールと言います～。って、今さら自己紹介をしても～、すでに見知った顔が多いので不要でしたかね～？」

エリオントさんはそう言って、〝ふわふわ〟とした笑い声をこぼした。

欠伸をしているのか笑っているのかどっちかわからない。

ともあれ見知った人が試験官さんでよかったと思う。

冒険者たちに優しく接しているところを見たこともあるので、露骨に厳しい試験内容にはならないんじゃないかな。

「ではでは〜、さっそく昇級試験の内容を説明させてもらいま〜す。今回の試験は〜、この森で鬼ごっこをしてもらいたいと思いま〜す」

「お、鬼ごっこ？」

誰もが似たような反応を示した。

昇級試験で鬼ごっこ。まったくピンと来ない説明である。

誰かを追いかけたり、はたまた誰かに追いかけられたりするということかな？

「まあ、かくれんぼと言い換えてもいいかもですね〜。今この森の中には〜、〝たくさんの私〟が隠れていますので〜、それを見つけて捕まえられた人が試験に合格となりま〜す」

「……」

気になるどころの話ではない単語が交じっていた。

たくさんの私。いったいどういう意味だろう？

同じく疑問に思った冒険者たちがざわついていると、エリオントさんがさらに続けた。

「私の天職は『太陽騎士』と言いまして〜、光属性の魔法を得意としているのですよ〜。その中に自分の分身を作り出す魔法がありまして〜、すでにそれを使って森のあちこちに分身を散らしておきました～」


という説明を聞いて、思わずエリオントさんの天啓を【神眼】で覗いてしまいそうになる。

育成師には一緒に戦った人の成長速度を上げるという能力の他に、他人の天啓や物の情報を見取ることができる【神眼】というスキルがあるから。

しかし鋼の意思で堪《こら》えて、僕は耳を傾けるだけにとどめておいた。

それにしても分身を作り出せる魔法とは、珍しい力を使えるんだな。

「私の分身は～、四級冒険者が相手にする魔獣や～、捕縛対象の犯罪者たちと同じくらいの戦闘能力にしてあります～。もし無事に捕えてここに連れて来ることができたら～、晴れて皆さんは四級冒険者に昇級できますよ～」

試験官さんの分身を捕えてくる試験。

そういえばローズの試験も似たような感じだったと記憶している。

四級冒険者が相手にしている魔獣と同等の召喚獣を討伐するというものだった。

確かにこれなら参加者の実力がわかりやすく測れるので最適だろう。

相手にするのはギルド職員さんが作り出した分身だし、仮に戦って勝てなくても殺される心配はない。

僕が以前に受けた試験では、指定の魔獣を倒してくるというものだったから、何度危険な目に遭ったことかわからなかったけど。

ともあれそれにてルール説明が終了して、いよいよ試験開始となった。

開始地点に辿り着くと、そこでコスモスが悪戯《いたずら》っぽい笑みを浮かべて言う。

「先に捕まえた方が勝ちだからね。負けた方がジュース奢りってことで」

「いや、そういうルールないでしょ」

勝手に昇級試験を僕との競いの場にするんじゃない。

二人とも合格できたら、そこは素直にお互いに称え合うでいいじゃん。

ていうかなんでこの子はこんなに余裕があるのだろうか？　前に四級に上がったことがある僕でさえ、多少ドキドキしているというのに。

「ではでは～、制限時間は二時間で～、試験開始で～す」

気が抜けてしまいそうな眠そうな声を聞きながら、僕たちは一斉に森の中へと走って行った。

◇

「なんであんたの方が早いのよ！」

試験開始からおよそ一時間。

入口の前でローズと談笑をしていると、コスモスが光っている人影を連れながら帰って来た。

僕は呆れた気持ちになりながら、頬を膨らませるコスモスに説く。

「なんでって、そりゃ今回の試験内容だったら僕に軍配が上がって当然でしょ」

「何よその自信は！　もう私の方が強くなったって、あんたもこの間認めてたじゃない！」

まあ、確かにそうは言ったけどさ。

「単純な戦闘能力だったら、それはもちろんコスモスの方が格段に高いと思うよ。仮に真正面からやり合ったら勝てる気しないし」

「なら……！」

「でも今回の鬼ごっこ試験では、単純な戦闘能力の他に探索能力とか索敵能力とか、まあ色々な素質が絡んでくるでしょ」

「うぅ……」

そこはもちろんコスモスもわかっていたようで、図星を突かれたように唸り声を漏らしている。

力比べだったら僕に勝ち目はないけれど、今回の試験だったらむしろ僕の方が有利なはずだろう。ていうかそんなのやる前からわかってたでしょ。

「そういえばロゼさん、一番早くに戻って来ましたよね。ロゼさんだから不思議には思わなかったんですけど、具体的にはどのようにして、この光の人影さんを捕まえて来たんですか？」

「まずは支援魔法の【敏捷強化《アクセル》】で機動力を確保して、索敵魔法の【感知強化《サーチング》】と合わせて標的を探してみたんだ。そうしたらすぐに光の人影、というか試験官さんの分身を見つけられたから、【気配遮断《ハイド》】を使ってこっそりと背後から……」

「な、なんだか熟練の人攫《ひとさら》いみたいな手際ですね」

それは人聞きが悪すぎるんじゃないかな？　僕はただ育成師の持ち味である支援魔法を生かして、昇級試験を有利に進めただけなのに。

「まあそんなわけで、僕の方が早く試験を終わらせることができたんだよ。僕の支援魔法も馬鹿にできないだろ」

「うぅ、ちゃんと戦ったら私の方が強いはずなのにぃ……」

それはまあ、戦闘能力そのものはコスモスの方が上だと思うけどね。

「とにかく試験の報告に行って来なよ。チラホラと他の参加者たちも帰って来て、そろそろ混み始めそうだしさ」

「えぇ、わかってるわよ。それよりも、奢られたいジュースちゃんと決めておきなさいよね」

「奢る側がそれ言うのか」

律儀な奴である。

ともあれ僕は、どんなものを奢ってもらおうか考えながら、ローズと一緒にコスモスの報告が終わるのを待つことにした。

すると不意に傍らから声を掛けられる。

「君が、今回の試験で一番最初に戻って来た冒険者か？」

「えっ？」

振り返るとそこには、軽装に身を包んだ黒髪の青年がいた。

見た感じ僕と同い歳くらいの冒険者。

目元がキリッとしていて、とても爽やかな印象を受ける。

「は、はい。僕が一番でしたけど……」

「やはりそうか。突然声を掛けてしまって申し訳ない。ちょうど腕の立つ冒険者を探していて、見たところ君はどこかのパーティーに入っている様子もなかったから、よかったらうちのパーティーに入ってくれないかと思ってな」

「あぁ……」

パーティー勧誘の声掛けだったのか。

なんだか久しぶりにそういう勧誘を受けたな。

悪い気はしなかったけれど、首を縦に振ることはしなかった。

「ご、ごめんなさい。今はどこのパーティーにも入るつもりはなくて……」

「あぁ、そうなのか。不躾《ぶしつけ》に誘ってしまって申し訳ない」

「い、いえ……」

端的なやり取りで終わってしまう。

断った理由を話すべきだろうか、と思い悩んでいると青年が尋ねてきた。

「何か特別な理由でもあるのかな？」

「えっと、今はヒューマスの町で別のことを中心にやっていて、冒険者稼業は本職じゃなくて片手間の副業って感じで……」

「それじゃあ、君の本業っていうのは……？」

「そ、『育て屋』っていうのをやってるんですけど……」

青年はきょとんと不思議そうな顔をしている。

いきなり育て屋なんて聞かされてもわかるはずがないよね。

「あっ、えっと、育て屋っていうのは、他の冒険者の成長を手助けする仕事で、簡単に言うとレベルを上げる手伝いをしてるんです」

「へ、へぇ。今はそんな仕事があるのか」

たぶん、こんなことをしているのは僕くらいだけど。

いや、もしかしたらこの地上のどこかには、僕と似たような仕事をしている人が一人くらいはいるのかな？

「というわけで、今はヒューマスの町で駆け出し冒険者の手助けをしたいと思ってるんです。誘ってもらっておいて、申し訳ないんですけど……」

「いいや、何かやりたいことがあるならそちらを優先してくれ。むしろ自分も、いつか君の育て屋を頼らせてもらうかもしれないしな」

「よ、よかったら是非……」

そんなやり取りを終えて、青年はこの場を去っていった。

なんだか少しだけ申し訳ない気持ちが湧いてくる。

それと同時に、思いがけず育て屋の宣伝ができたことで、言い知れぬ喜びを感じていた。

こうして少しずつ色んな人に育て屋のことを知ってもらえたら、お客さんも徐々に増えていくのだろうか。

密かに淡い期待をしていると、先ほどの青年と代わるようにしてコスモスが戻って来た。

「今の誰？　ナンパ？」

「なんで男にナンパされなきゃいけないんだよ。いや、女性からナンパされてもびっくりするけど」

トンチンカンなことを言うコスモスに呆れながら、僕は肩をすくめた。

「パーティーに勧誘されただけだよ。腕の立つ冒険者を探してたみたいで、今回の試験結果のトップが僕だったから、声を掛けて来てくれたんだ」

「あぁ、なるほど。それで、その勧誘はちゃんと断ったの？」

「うん、申し訳なかったけどね……。って、なんだよ〝ちゃんと〟って？　なんで僕が断らなきゃいけないみたいな言い方するんだよ」

「なんでって、それはもちろん私と……」

………私と？

何を言いかけたのかと疑問に思うと、コスモスはハッとして顔を真っ赤に爆発させた。

「な、なんでもないわよ！　とにかく私の報告も終わったし、さっさと町に帰るわよ！」

「……お、おう」

なんだか忙しい奴である。

じゃあ帰ろうかと思って、後ろにいるローズにも視線を送って帰宅を促す。

今回の試験が育て屋の宣伝に繋がればいいんだけど、なんて思いながら歩き出そうとすると――

後ろを振り返ったその瞬間、視界の目の前に〝大きな人影〟が見えた。

「うおっ！」

僕は思わず不細工な声を上げてしまう。

びっくりした。すぐ後ろに人がいたなんて気が付かなかった。

しかもその人影が、僕よりも大きなものだったので余計に驚きである。

改めて目の前の人影を見上げてみると、その人は女性だった。

爽やかな青色のショートボブヘアに、無感情なジト目。

ある程度の軽装と直剣を仕舞えるほど〝大きな盾〟を背負っているところを見るに、おそらく冒険者だと思われるが。

「んっ？」

女性を見上げていると、ふと頭の片隅に不思議な引っかかりを覚えた。

この人、どこかで見たことがあるような……

覚えのある巨大な人影。

確かこの前、コスモスの戦いが終わった後に家に帰ったら、育て屋の扉の前にこんな感じの人影がいた気がする。

あの時は逃げるようにしてどこかに去ってしまったが、もしかして同じ人物だろうか？

「……」

ていうか、なんでさっきからこの人はずっと無言なんだ？

終始何も言わずに佇んでいて、青い前髪の隙間からじっとこちらを見下ろしている。

いったい何を考えているのかさっぱりだ。

ローズとコスモスも彼女の異様な雰囲気を感じ取って戸惑っている。

「……あ、あのぉ、何か？」

「……」

尋ねると、その女性は何も言わずに後ろを振り向いてしまった。

その後、スタスタと立ち去って行ってしまう。

置いてけぼりにされた僕は、どう反応していいのかわからずに困り果てた。

「な、なんだったのかしら、今の？」

「さ、さあ……？」

なんだか不思議な雰囲気の女性冒険者だったけれど、いったい僕に何の用があったのだろう？

ともあれそんな心残りがありながらも、僕たちは無事に昇級試験を終わらせて帰宅したのだった。

第二章　二人目のお客さん

昇級試験の翌日。

改めて四級冒険者となった僕は、だからと言って冒険に出掛けることはせず自宅にいた。そしていつものように育て屋としてお客さんを待っている。

「…………誰も来ない」

さすがに翌日から昇級の恩恵を感じることはできず、相も変わらず育て屋は閑散としていた。

やっぱり四級に上がった程度じゃ、大した宣伝材料にはならないよね。

冒険者ギルドに貼らせてもらっている宣伝用紙も書き直したけど効果はないし。

どうしたもんかなぁ、と思って机に頬杖をついていると、不意に傍らから声が上がった。

「〝誰も来ない〟って、私が来ているじゃないですか」

「いや、そういうことじゃなくてね……」

席に腰掛けて控えめにお茶を飲んでいるローズが、きょとんと首を傾《かし》げていた。

確かにローズはお昼下がりのあたりからうちにやって来ていたけれど、僕が望んでいるのは育て屋としての来客だ。

いや、ローズが来てくれても嬉しいし、何なら会話とかで暇な時間を潰せるからいいんだけどね。

最近、もはやここは、ローズかコスモスとただお茶をするだけの場所と化している。

二人と過ごす時間は穏やかなもので、個人的にはとても好きだけれど、やっぱりお客さんが来てくれないと稼げないからなぁ。

という旨を話すと、ローズも難しげな顔をした。

「私も随所で、育て屋さんの宣伝はしているんですけど、やっぱり私一人の声だけでは大勢を動かすことはできませんね」

「宣伝って、具体的にどんなことしてるの？」

「パーライトの町で依頼を終わらせた後、最近はよくパーティー勧誘の声を掛けてもらえるので、断りついでに育て屋さんのことを宣伝しています。先日のロゼさんみたいに、『今はヒューマスの町で育て屋さんの手伝いをしているので、パーティーには入れません』みたいな感じで」

「へ、へぇ……」

露骨すぎず、それでいて印象に残るような宣伝をしてくれているようだ。

前に僕が、あまり大々的に宣伝するのも嫌だと言ったので、そのような宣伝方法に落ち着いたのではないだろうか。

これなら変に注目を浴びることもないし、必然的に冒険者活動に行き詰まっている人たちに育て屋を知らせることができる。

そう納得すると同時に、一つの疑問が湧いてきた。

「そういえば、ずっと疑問に思ってたんだけど……」

「はいっ？」

「なんでローズは誰ともパーティーを組もうとしないの？」

「えっ……？　えっと、それは……」

すでにローズには、あの『見習い戦士』時代の弱々しい面影は残されていない。

規格外の潜在能力に伴った確かな実力が、今の彼女にはある。

だからその実力を見た冒険者たちから、パーティー勧誘の声をたくさん掛けてもらっているはずなのに、どうしてローズはいまだにどこのパーティーにも入っていないのだろうか？

「『見習い戦士』の時と比べて、今は『戦乙女』として大活躍して、色んなパーティーから声を掛けてもらってるんでしょ？　パーティーを組んだ方が受けられる依頼の幅も広がるし、今のローズなんてどこからも引く手数多《あまた》だろうから、気が合う人とかすぐに見つかるんじゃないのかな？」

その問いかけに、ローズは複雑そうな表情で目を逸らす。

「そ、その、今パーティーを組んでしまうと、ロゼさんに立て替えていただいた解呪費を返しづらくなってしまいますので、少なくともその返済が終わるまでは単独でいようかなと……」

「あぁ、それがあるのか」

確かにそれは、パーティーを組む上でこの上ない妨げだ。

言ってしまえば〝莫大な借金〟と同じだし、それを抱えたまま誰かとパーティーを組んでしまうと色々と不便がある。

僕としては早急に返してもらいたいわけでもないので、思うがままに冒険者活動を楽しんでもらい

ドキ
ドキ
ドキ

たいと思っているけど。

「それにパーティーを組んでしまうと、必然的に活動場所を決められてしまいますし、ある程度時間も縛られてしまいますからね。自分のやりたいことができなくなってしまうような気がして……」

「そういえばローズは、しばらくはヒューマスの町で活動したいって言ってたもんね。どこかのパーティーに入ったら、活動拠点も移さないといけないし。あとは、この町で知り合った人たちとも会いづらくなっちゃうもんね……」

「そう！　そうなんですよ！」

ローズはびっくりするぐらい前のめりになって頷いてきた。

知り合った人たちに会いづらくなる、という部分に強烈に反応したようだ。

やっぱり、ヒューマスの町に帰りづらくなるのは困るよね。

せっかくこの町でたくさんの人たちと知り合えたのに、その人たちに会いづらくなってしまうのはすごく寂しいし。

「ま、ローズの場合は、他の同級の冒険者たちと違って実力がかけ離れ過ぎてるから、そこもパーティーを組む上で不都合になりかねないもんね」

「えっ、そうなんですか？」

「ローズだけが飛び抜けて強いと、ローズにばっかり負担が掛かっちゃうし、何より他のパーティーメンバーたちがローズ頼みになっちゃわないかが不安だよ。もしローズと離れ離れになることがあって、それまでローズ頼みで魔獣討伐をやって来てたとしたら……」

「私がいないせいで、パーティーが崩壊……」

「極端に言えば、そういうことになっちゃうかもね」

ローズばかりに頼り過ぎてしまうと、自分たちの実力の把握が定かではなくなってしまう。

端的に言うと、自分たちが強くなった気になってしまわないか心配ということだ。

自分たちの実力をきっちりと自覚していないと、いざという時に足をすくわれることになってしまうから。

あとは単純に、ローズばかりが先行して魔獣を討伐してしまって、他のメンバーたちが〝育たない〟んじゃないかという不安もある。

「だからローズが誰かとパーティーを組む時は、なるべく実力が近い人の方がいいと思うよ。お互いのためにね。……って言っても、たぶんそんな人いないと思うし、ましてや同じ階級の冒険者の中にいるはずもないけどさ」

「実力が近い人、ですか……」

もしそんな相手を偶然見つけることができたとしたら、その人とパーティーを組めばいいと思う。

今の段階で無理をして相手を探す必要はないということだ。

まあ、僕の方からこの話を振っておいて、こんな結論にしてしまうのはあれなんだけど。

そんな話をしていると……

コンコンコンッ。

突然玄関の扉が叩かれた。

「だ、誰だろう？」

「誰だろうって、育て屋さんのお客さんじゃないですか？」

「お客、さん……？」

滅多にお客が来ないため、即座にその考えに至らなかった。

ローズにそう言われてから僕は弾《はじ》かれるようにして椅子から立ち上がり、急いで扉に駆け寄って行く。

ドキドキしながらドアノブに手を掛けて、扉を開けてみると……

「えっ……」

そこには〝大きな人影〟がそびえ立っていた。

僕よりも頭一個くらい背が高い、青色の髪を肩で切り揃えている女性。

背中には大きな盾を背負い、その中には一本の直剣が仕舞われている。

感情の色を窺わせない顔で、前髪の隙間からこちらを見下ろしており、その視線を浴びて僕はハッと思い出した。

「あっ、昨日の……」

昨日、昇級試験が終わった後。

僕の後ろに無言で立っていた女性だ。

あの時も同じように、この無表情で僕のことを見下ろしてくるだけだったので、その印象が強くて覚えている。

こうして育て屋にやって来たということは、やはり僕に何かしらの用があるのか？

「昨日、昇級試験の会場にいた人ではないですか。ロゼさんのお知り合いなんですか？」

「う、ううん。昨日会ったのが初めてだよ。あ、あの、何か僕に御用でしょうか……？」

「……」

その青髪の女性は何も答えてくれない。

ただじっと僕のことを、感情が窺えない青い瞳で見下ろしている。

なんとも気難しいお客さんが来てしまったものだ。

「……強く……して」

「はいっ？」

「私を……強くして」

ようやく女性が喋《しゃべ》ったかと思うと、大きな見た目に反して、彼女の声はとても小さいものだった。

それこそ羽虫の羽音にも満たないんじゃないかというくらい。

おまけにその内容が、極端に言葉足らずだった。

強くして……？

「お嬢様はあなたに、育て屋として成長の手助けをしてほしいと仰っております」

「んっ？」

まるで大きな女性の台詞を代弁するように、今度はハキハキとした声が彼女の後ろから聞こえてきた。

次いで女性の背後から、大きな彼女と対照的なとても小さい人影が現れる。

その正体は、鮮やかな若緑色の髪が目立つ、黒ジャケットと黒パンツを着用した小柄な少年だった。

もしかして今のはこの子の声か？

「ど、どちら様でしょうか……？」

十歳前後に見える中性的な顔立ちの男の子は、きっちりと姿勢を正して頭を下げた。

「申し遅れました。わたくしはこちらのネモフィラお嬢様に仕えております、使用人のミンティです」

「し、使用人……？」

格好的に男性執事のような見た目だから、使用人と言われると納得できる気もする。

しかしとても使用人が務まる歳には見えない。

しかもこの子、今青髪の女性のことをネモフィラ『お嬢様』って呼ばなかった？

いったいどういう立場の人なんだろう？

ぼんやりとした青髪の大きな女性と、きっちりとした緑髪の小さな少年。

二人が並んで立っている光景を前に首を傾げていると、ミンティと名乗った少年が続けて僕に言った。

「此度《このたび》は育て屋ロゼ様のお噂を聞き、是非そのお力をお嬢様に貸していただけないかと、参上した次第であります」

「は、はぁ……」

二人の関係性はよくわからなかったが、とりあえずお客さんということは理解できた。

だからひとまずはうちに入ってもらって、詳しく話を聞いてみようと思う。

久々のお客さんだし。ようやく念願だった二人目のお客さんが来てくれたのだから。

そう思って中に招こうとすると……

「ロゼさん、お茶の準備は出来ていますよ。勝手にキッチン借りちゃってごめんなさい」

振り返った先には、卓上に人数分のお茶を淹《い》れなおしているローズがいた。

この人たちと要領を得ないやり取りをしている間に、彼女が後ろで持てなしの準備を進めてくれていたらしい。

おかげでスムーズにミンティたちを招き入れることができて、今一度詳しい話を聞くことにした。

「えっとそれじゃあ、改めてお名前を聞かせてもらってもいいですか？」

それに対して、青髪の女性は何も喋らない。

無感情な顔でじっとこちらを見据えてくるだけである。

先ほどから言葉足らずな話し方とかも、とても無口な人なんだろうか？

すると彼女に代わって執事姿の少年が答えてくれる。

「では、お嬢様に代わりましてわたくしが。こちらにおられますのがネモフィラ・アミックスお嬢様。

そしてわたくしはネモフィラお嬢様に仕えている使用人の、ミンティ・ブランシュです」

「ネモフィラ、アミックス……？」

あれ？　アミックスってどこかで聞いたことがあるような……

「聞いたところによりますと、ロゼ様は天職の成長を促進するお力を持っておられるとか」

「えっ？　あっ、うん、そうだけど。それで一応、育て屋っていうのをやらせてもらってて……」

「その育て屋のロゼ様に、是非お力を貸していただけないかと思ってこちらまで参りました。何卒《なにとぞ》ネモフィラお嬢様にお力を貸してくださいませ」

ミンティはネモフィラさんという女性の代わりに、誠実な態度で依頼を申し込んでくる。

これで育て屋として二人目のお客さん獲得で、二つ返事で了承したいところではあったが、その前に気になることを尋ねておくことにした。

「成長の手助けの依頼を引き受ける前に、まずは色々と聞いてもいいかな？」

「はい、なんでしょうか？」

「具体的にはどれくらいの期間で、どれくらいのレベルを目標にしてるのかな？」

「期間とレベル、ですか？」

「育成期間と育成目標を明確にしておけば、こっちも予定を組みやすくなるからさ」

もし仮に、ネモフィラさんの依頼中に別の人が育て屋を訪ねて来たとしよう。

そうすると二人同時に成長の手助けをしなくてはならなくなる。

そうなった時、期間と目標をあらかじめ知っておけば、両立的な予定を立てることができるのだ。

早く強くなりたい人には多めに時間を割り振って、みたいな感じで。

「期間はそうですね……およそ二ヶ月といったところでしょうか。レベルについては……正直わたくしではわかりかねます。二ヶ月だとどのくらいが目安になるのでしょうか？」

二ヶ月か。それくらいの期間ならそこそこ上げられると思う。

現状、他の人の育成依頼が入っているわけでもないし、今日か明日からネモフィラさんだけに注力して成長の手助けをするとなると、かなりの時間を取れるはずだ。

具体的にどれくらいレベルを上げられるかは、今のネモフィラさんのレベルによるとしか言えないけど。

とりあえず大雑把な数字だけでも出しておこうと思い、僕はネモフィラさんに尋ねた。

「えっと、差し支えなければ天啓を見させていただいてもいいですか？　今のネモフィラさんの強さと天職を確かめて、育成の方針というか、これからの予定を決めさせていただこうと思いますので」

「……」

ネモフィラさんは何も言わず、小さく頷いてくれた。

次いで家鳴りにも負けそうなくらい小さな声で呟く。

「【天啓を示せ】」

すると彼女の手元に、一枚の羊皮紙のようなものが、巻かれた状態で現れた。

ネモフィラさんはそれを、やはり何も言わずに僕に手渡してくれる。

育成師が持つ【神眼】のスキルを使えば、こうしてもらわずとも天啓を見ることはできるんだけどね。

覗き見は気分がよくないので、形として天啓を出してもらったというわけだ。

では失礼して、ネモフィラさんの天啓を確認させてもらうとする。

【天職】姫騎士
【レベル】1
【スキル】
【魔法】障壁魔法
【恩恵】筋力：E120　敏捷：F30　頑強：E180　魔力：E150　聖力：F0

思いがけない、というか見覚えのないその天職を見て、僕は眉を寄せた。

「姫……騎士?」

聞いたことがない天職だ。

ローズもネモフィラさんに断りを入れて天啓を横から覗き、僕と似たような反応をした。

「『姫騎士』?　『お姫様で騎士』なんでしょうか?　それとも『お姫様を守る騎士』という意味でしょうか?」

「さ、さあ?」

どちらの意味にも取れてしまう。後者の方がしっくり来る感じはするけど。

天職の名前は意外と大事なもので、成長の手助けをする上で重要なものになっている。

それだけでどのような役割なのかもわかるし、長所と短所を理解することで育成の方針を固めることができるから。

『姫騎士』って、なんだか珍しい天職ですね。まさか本物のお姫様ってわけでもないでしょうけど」

という僕の言葉に、使用人のミンティがはてと首を傾げた。

「ネモフィラお嬢様は、紛れもない〝姫様〟ですよ」

「えっ？」

「コンポスト王国、第三王女……ネモフィラ姫です。ご存知ないでしょうか？」

「……」

ネモフィラ姫？　コンポスト王国の第三王女？

唐突に明かされた事実に、僕は口をあんぐりと開けて固まってしまった。

その後、先ほど覚えた違和感を思い出して、ハッと気が付く。

今のこのコンポスト王国の国王の名前は、カプシーヌ・〝アミックス〟。

ネモフィラさんと同じ姓じゃないか。

そして先ほどからミンティがお嬢様と呼んでいることや、使用人が仕えているということからも、その信憑性《しんぴょうせい》は高いものになっている。

僕が俗世に疎いせいか、ネモフィラさんの名前は聞いたことがないけれど。

「ほ、本当に、お姫様？」

「……」

「このコンポスト王国の、第三王女？」

「……」

やはりネモフィラさんは何も言わず、ただゆっくりと、小さく頷くだけだった。

よもやこの町にお姫様がいるだなんて、露ほども思わなかった。

ゆえに状況を飲み込むのに時間を要してしまい、僕は動揺して目を泳がせてしまう。

ローズも同じく戸惑った様子であたふたしている。

お姫様が今、目の前にいる。

育て屋としての僕を頼りに来てくれて、自宅で椅子に腰掛けながらお茶を飲んでいる。

安物のお茶しかないけどよかったのだろうか、もっといいお茶菓子がなかったか、など考えていると、僕は今さらながらにギクッとした。

「す、すみません。僕ずっと、お姫様のこと〝さん〟付けで呼んでて……」

「……いいよ、別に」

遅いと思いながらも謝罪をすると、ネモフィラお姫様は小声で言った。

「今さら、畏《かしこ》まられる方が、違和感あるから。今のままでいい」

「……そ、そうですか？　じゃ、じゃあ、そのままで」

ものすごく気が引けたけれど、ネモフィラさんがそう言うのであればそのままでいくとしよう。

あとで何か怒られたりしないよね？　上流階級の貴族様に無礼を働いて、死罪になった人がいるって聞いたことがあるんだけど。

内心でバクバクと心臓を高鳴らせながらも、僕は話を続けることにする。

「ネモフィラさんが本物のお姫様なら、『姫騎士』って天職にも納得がいきますね。でも、どうして本物のお姫様がこのヒューマスの町にいるんでしょうか？　それに『強くなりたい』だなんて……」

ネモフィラさんがお姫様だとすると、これまでの言動が謎めいてくる。

どうしてお姫様が護衛も無しで、駆け出し冒険者の町にいるのか。

どうして育て屋に来て『強くしてほしい』なんて言ってきたのか。

お姫様なら強くなる意味はあまりないと思う。

何より強くなりたいのなら、僕ではなく凄腕の指南相手を呼びつければいいはずだ。

それらすべての疑問に対して、ミンティが答えてくれた。

「少々、複雑な話になるのですが……ネモフィラお嬢様は現在、コンポスト王国の次期国王を目指しておられます」

「じ、次期国王⁉」

「そのためにネモフィラお嬢様は、力を付けて強くなろうと考えていらっしゃるのです」

王様目指してるってこと？　今無表情で僕を見据えている、人形みたいなこの人が？

恐れながら、まったくそんな印象が湧いてこなかった。

ていうか……

「こ、国王になるのに、力を付ける必要があるの？　そういうのって代々、子供に王位を引き継がせていくものって聞くけど……？　それにネモフィラさんが第三王女ってことは、王位の継承順位とかが低いんじゃ……」

「そこも合わせてご説明させていただきます」

ミンティは一口お茶を啜《すす》って喉を潤すと、説明を重ねた。

「コンポスト王国の国王は、古くは生まれ順の早い男子を優先して地位を受け継いできました。しかし時代の移り変わりにより、近代では性別にかかわらず長子を優先して継承権を与えるようにしてきたのです」

早くに生まれた王族の息子たちに王位が渡っていったというのは耳にする話だ。

それもいつしか性別を問わず、生まれた順番だけで継承順位を定めるようになっていったらしいけど。

まあ他の国ではもっと前から女王様が当たり前のように国を治めていたり、いまだに男子継承制を貫く場所もある。

「そのため現在の王位継承者第一位は、ネモフィラ様の姉にあたる第一王女のクレマチス様となっております」

「あっ、それならさすがに……」

クレマチス・アミックス。

コンポスト王国の第一王女であるクレマチス様の名前は聞いたことがある。

自ら率先して戦場に赴く武人で、一級冒険者を凌ぐほどの実力者だと聞いたことがある。

次期女王様になる人だと国内でも名が知られていて、まさかネモフィラさんのお姉さんだったとは。

「現国王、ネモフィラお嬢様のお父上であるカプシーヌ様は、有事に備えて今の段階から譲位の準備を始めるお考えのようです。そしてクレマチス様への譲位の準備を進めようとしたのですが……」

ミンティがやや声音を落として、さらに続けた。

「それに異議を唱えたのが、第一王子のクロッカス様です」

「異議？」

「古くは男子にのみ王位が受け継がれ、本来であればご自分が次期国王になるはずだったとカプシーヌ様に申し立てたのです。クロッカス様は幼少の頃より王位に興味を示しておられる方で、早くに譲位の段取りを進めるカプシーヌ様に強く抗議したのです」

「昔の習わしならそうなるはずだった、っていうのは横暴な気もするけど……。それで王様はなんて言ったのかな？」

まあ大方の予想はついているけど。

我儘《わがまま》な王子様の意見なんか無視して、そのまま譲位の準備を進めているに違いない。

王位継承権の順位など、すでにしっかりと定められているのだから、それを覆すのは王子様でも無理なはずだ。

と、思ったのだが……。

「それを受けたカプシーヌ様は、次期国王の選定のために、現継承順位五位までの継承者たちを集め、〝継承権の順位をかけた決闘〟を執り行う方針を固めたのです」

「はっ？」

継承権の順位をかけた決闘？　つまり、勝った人が王様になれる決闘ってこと？

「そ、そんな風に継承権をぞんざいに扱っちゃっていいの……？　そういう継承権の争いを防ぐために、継承の順位とか儀式とかをちゃんと決めてるんじゃ……」

「カプシーヌ様は、今世代限りの選定方法にすると明言しております。加えて自陣の軍を率いての紛争も禁止として、王位継承者のみの〝一騎討ち〟にて勝負を決するものとする、とも仰っております」

「そ、それは……」

果たして、やる意味のある決闘なのだろうか？

それにこれまでの決まりをすべて取り払って決行するのは問題が出ないのかな？

「昨今、魔王軍の活動が活発化してきており、いつこのコンポスト王国に攻め込んできてもおかしくない状況となっております。もしそうなれば過去に類を見ない大規模な戦争が繰り広げられることになるでしょう」

ミンティは一度お茶を啜り、喉を潤してからさらに続ける。

「強大な力を持つ魔王軍に対抗するためには、〝団結による力〟が必要不可欠だとカプシーヌ様はお考えになっております。特に王族同士の力を合わせて結束を強めるべきだと」

「そ、それだと余計に、決闘による継承権争いは不和を生んで逆効果になるんじゃ……」

王様は一騎討ちの決闘で決めます。負けたら継承順位が下がります。

そんな力任せの喧嘩みたいなやり方をしたら、負けた方が私恨を抱えて団結とかできないんじゃ……

「クロッカス様や他の継承者の方々も、カプシーヌ様のご提案に深く納得されておりましたよ」

「えっ……」

「何より現在の継承権第一位のクレマチス様に至っては、『そういう熱い戦いがしたかったんだ！』と言ってとても肯定的でした。力無き者に民を従える度量はない。力を示してわからせてみせると、ご自分が勝つことを疑っていない様子でした」

「……」

なんとも豪快な姉ちゃんだ。

その提案を蹴って従来通りにしておけば、決闘なんかせずに王位を継げただろうに。

そういえばこの国の王様は、ものすごく豪快な性格だと聞いたことがある。

その性格が第一王女に限らず、他の親族たちにも受け継がれているってことなのか？

でも反対にネモフィラさんは、ものすごく静かなんだよなぁ。

兄弟でここまで温度差があるってすごい。

とにかく……

「……まあ、事情はわかったよ。王位継承権の順位を争って決闘が行われて、ネモフィラさんはそれに勝ちたいってことだね」

「はい、その通りでございます。現在の継承順位は第五位ですが、その決闘に勝てば……」

だとしたら、『強くなりたい』と言ってきたのにも説明がつく。

王位継承順位が低いネモフィラさんでも、決闘で勝ちさえすれば王位を継ぐことができるのだから。

「その決闘の日時が、今日より二ヶ月後となっております。ですのでそれまでの間に……」

「ネモフィラさんを強くしてほしい、ってことか……」

改めてミンティから依頼内容を聞いた僕は、内心で天を仰いでしまう。

まさかこんなことになるとはなぁ。

いきなりお姫様の手助けをすることになるなんて、いったい誰が想像できただろう。

しかもこの国の王様が決まる大事な決闘に関わっているなんて、身に余る役割だ。

と心中で苦笑いをしていると、僕はハッとあることに気が付いた。

「ネモフィラさんはコンポスト王国の第三王女、だったよね？」

「はい、その通りですが」

「それなら、その…………大変失礼になるんだけど、どうして従者の一人も付けずにヒューマスの町にいるのかな？　ミンティはあくまで使用人でしょ？」

お姫様なら従者の一人や二人は付いていないとおかしいはず。それだけではなく……

「それに普通なら、育て屋である僕のところじゃなくて、ちゃんとした凄腕の剣術師範とかを呼んだりできなかったのかな？」

ネモフィラさんがお嬢様と呼ばれていた時から違和感があった。

もしいいところのお嬢様ならば、もっと多くの従者を付き従えているはずだと。

それなのにもかかわらず、彼女の隣にいるのは十歳前後の少年のミンティだけ。

おまけにお姫様の立場ならば、いくらでも稽古相手を呼べるだろうに。

「私に、そんな権限はない」

「えっ？」

「稽古相手を呼ぶことも、従者を付けてもらうことも、私にはできない。私は、誰にも期待されてないから」

初めて長々と喋ってくれたネモフィラさん。しかしその内容は自嘲的なものだった。

「期待されてないって、ネモフィラさんは第三王女で、王位継承順位も第五位じゃないんですか？」

そんな人物がぞんざいな扱いをされているとはどういうことか。

王族の血を引いているというだけでも丁重に扱われるべき存在のはずなのに。

無表情ながらも自嘲的に語ったネモフィラさんに、ミンティは隣から苦しげな視線を向けていた。

やがてミンティは意を決したようにこちらに話し始める。

「ネモフィラお嬢様は、ご兄弟の中で一番お若く、そのため王位継承順位も第五位となっております。また生まれながらに病弱で、天職の能力も不確かだったので、国王様や王妃様の目は他のご兄弟にばかり向いてしまいました」

「そう、だったんだ……」

ネモフィラさんが病弱。

高身長の見た目からはとてもそんな風には見えないが、感情に色がなく、まるで覇気を感じないところから体が弱そうという印象は僅《わず》かに受ける。

それに天職の能力が不確かというのも納得がいく。

ネモフィラさんの天職は『姫騎士』。確かに聞いたことがない。

「反対に兄上様や姉上様は丈夫なお体を持ち、幼い頃よりご自身の天職の能力も自在に扱っておりました。目に見えた天賦《てんぷ》の才に国王様や王妃様は多大な期待を寄せて、格式の高い従者や侍女を付けさせるようにしたのです」

聞いた話によれば、いいところの貴族の子息令嬢には身分の高い者が〝従者〟として付き従うとのことだ。

そして身の回りの雑事をしたり、作法やら武術の手本になったりするらしい。

加えて血統の良さからも強力な天職を授かった者たちが多く、幼少の頃より主の稽古相手になることが多いとか。

でもネモフィラさんにはそういった従者が付いていない。

「すでに兄上様や姉上様には優秀な従者が付き、幼い頃から魔獣討伐に付き添って実戦の経験を重ねております。しかしネモフィラお嬢様は目を掛けられず、従者を宛てがわれることもありませんでした。代わりに身の回りのお世話は王城内の家事を任されていた使用人たちでかわるがわる見て、今はこのミンティが専属使用人としてお嬢様に仕えさせていただいております」

「使用人さんたちが……」

従者が付いていないと思ったら、どうやら使用人さんたちが代わりとして宛てがわれたようだ。

王族の血を引く王女様に、従者として使用人さんを宛てがうという話は聞いたことがないけど。

「一応、最低限の作法や常識、舞踊や手芸なら使用人の立場でもお伝えすることはできたのですが、剣術や魔術といった武術に関しては難しくて……。魔獣討伐の付き添いも使用人では務まらず、お嬢様は兄上様や姉上様のように実戦経験を積むことができなかったのです」

「そういえば、天職のレベルもまだ〝1〟だったね」

天職のレベルを上げるためには、やはりどうしたって魔獣討伐が必須になる。

ネモフィラさんはこれまで天職を成長させる機会がまったくなく、明らかに王位継承権をかけた決闘では立場が不利だ。

「あっ、もしかして、ヒューマスの町に来たのはそれが理由なのかな？」

というこちらの問いかけに、ミンティはゆっくりと頷いた。

いまだにレベル1のネモフィラさん。

これから執り行われる決闘のために、少しでも成長しておきたい今の状況。

そこで彼女が修行場所として選んだのが、駆け出し冒険者の町のヒューマスである。

ここの周辺には弱い魔獣が揃っているので、魔獣討伐の経験がなくても比較的安全に修行ができるから。

「お嬢様が強くなるためには、駆け出し冒険者として地道に修練していくしかないと思いました。お嬢様にもそれを納得していただき、わたくしたちはこの町までやって来たというわけです」

それで育て屋のことを知って、依頼を出しにやって来たというわけか。

いまだにレベル1であることからも、かなり修行には難航している様子だし、それで育て屋を頼ってやって来たのは納得できる。

しかし僕は改めてネモフィラさんの方を見て尋ねた。

「事情はわかりました。ただ、最後に一つだけ確認してもいいですか？」

「何？」

「どうして、王様を目指そうとしているんですか？」

「……」

僕からの問いかけに、ネモフィラさんは前髪の奥で碧眼《へきがん》を細める。

「それは、依頼に必要なこと？」

「言えないようなことでしたら、別に教えていただかなくてもいいんですけど、一応他人の成長の手助けをする以上は詳しい理由を知っておきたいと思って」

ネモフィラさんだけでなく、ミンティからも強い疑念が感じられる。

僕は最近になってから考えるようになったことを、二人に明かした。

「僕は、育て屋を開いてからまだ日が浅いんです。お客さんも見ての通りまだまだ少なくて、もっと増えていったらいいなって思ってます。ただ、誰彼構わず依頼を引き受けるようなことは、絶対にしないようにとも決めているんです」

僕はそう言いながら、隣で静かにお茶を飲んでいるローズの方を見る。

目が合ってきょとんと首を傾げる彼女を見てから、僕は笑みを浮かべて続けた。

「もし〝不純な動機〟を持ったお客さんが来て、その人を強くするのを手伝ってしまったら、僕も共犯になっちゃいますからね。だから育て屋の依頼を受ける時は、きちんと力を持つべき人かどうかを見極めてからにしようと思ってるんです」

ローズやコスモスのように、とんでもない才能を抱えている冒険者を見てきて、改めてそう考えるようになった。

彼女たちのような逸材が、またここを訪ねて来るかもしれない。

それで今度はその中に、邪《よこしま》なことを考えている人もいるかもしれない。

その人物の成長に手を貸してしまったとしたら、僕は共犯の大罪人になってしまう。

だからその人が強くなりたい理由を明確にしてから、依頼を引き受けるようにしようと改めることにしたのだ。

「ただでさえ今回は、次期国王を選定することに関わってますからね。最悪、邪な王様を誕生させるのに加担することになっちゃいますから。あっ、もちろん、ネモフィラさんが良からぬことを考えてると決めつけるつもりはありませんけど……」

慌てて弁明をすると、ネモフィラさんは言い淀むようにして目を伏せてしまった。

次いで彼女は隣のミンティの方に、意味深な視線を向ける。

王様になりたい理由を聞いているのに、どうしてミンティの方を見ているのだろうか？

その疑問を抱く傍らで、ミンティがネモフィラさんに対して笑みを返す。

「構いませんよ、お嬢様」

「でも……」

「ロゼ様の仰る通りです。王位継承権をかけた決闘に関わっている以上、すべてをお話しになられた方がよろしいかと思います。なんでしたら、わたくしの方からお話しいたしますから」

ミンティの方から話す？

ネモフィラさんが王様を目指す理由に、ミンティが関わっているということだろうか？

ミンティはあくまで、ただの使用人のはずなのに。

「今からお伝えすることは、なるべく口外しないでいただけると助かります。町中で〝騒ぎ〟は、起こしたくありませんので」

「騒ぎ……？」

不穏なことを言ったミンティは、細い指を伸ばしてこめかみの辺りに這わせる。

そして若緑色の髪を耳にかけて、隠れていた両耳を晒《さら》した瞬間――

「なっ――⁉」

彼の耳から、蛍のように光の粒が溢《こぼ》れ始めて、徐々に耳が〝伸びていった〟。

程なくしてミンティの耳は、尖ったように細長くなり、人間のそれとはかけ離れた見た目に変貌する。

「ロ、ロゼさん、これって……！」

ミンティの耳を見て、ローズは戸惑ったように目を泳がせる。

僕も同じく激しく動揺しながら、ミンティに問いかけた。

「ミンティはもしかして……『エルフ』なのか？」

緑髪の執事姿の少年は、僕とローズの反応を見て安堵したように微笑む。

「お二人はエルフを見ても、邪険にしたりはしないのですね。やはりとても善良な方たちだ」

次いで彼は姿勢を正して、こちらに頭を下げてきた。

「驚かせてしまって申し訳ございません。『変幻魔法』で姿を変えておりました。ロゼ様の仰る通り、わたくしはエルフです」

「……」

エルフ族。

亜人種とも呼ばれている、人間とはまた違った種の生物。

人族と違って長寿で、耳が細長いのが特徴的。

また一部のエルフは思念伝達の能力を持っており、遠方にいる相手と念話ができたり、草木や動物の気持ちを読み取ることもできる。

現在では滅多に見ることがない希少な種族だが、大昔は人族とエルフ族がそれぞれの国を持ち共存していた。

エルフも人間と同じように神様から天職を授かることができるため、生物的に同種族と見做《みな》されていたらしい。

しかし当時のエルフ族の長が、エルフこそが生命の頂点だと主張し、人族を支配しようと戦争を仕掛けて来た。

その結果互いに大勢の犠牲者を出し、人数で勝っていた人族が辛くも勝利。

以降、エルフ族は悪の象徴として人族から蔑まれるようになり、生存圏の確保もままならず人族と魔獣に板挟みにされて絶滅の危機に瀕《ひん》している。

「わ、私、エルフさんと会うのはこれが初めてです……」

「僕も同じだよ」

だから僅かな警戒心はあるけれど、露骨な嫌悪感まではない。

初めから、何か違和感があるとは思っていた。

あまりにも幼すぎる使用人のミンティ。

今のネモフィラさんの専属使用人ということだが、実質は第三王女様の付き人ということになり、十歳前後の少年に果たしてそれが務まるのだろうか？

そんな疑問を抱いてはいたが、彼がエルフとなれば納得もいく。

エルフは人よりも長寿で若い見た目を保てるから、ミンティは外見通りの年齢ではないのだろう。

お姫様の専属の使用人を務めていても不思議ではない。

本当は何歳なのだろうという疑問はとりあえず置いておくとして、先にもっと気になることを尋ねた。

「どうしてエルフのミンティが、人族のお姫様の使用人をしてるんだ？」

エルフは人から嫌悪されていて、目が合えば罵詈雑言《ばりぞうごん》だけでなく石まで投げられるという。

中にはエルフを下等種族と見做して好き勝手に暴行する連中もいるくらいで、エルフにとっても人は紛れもない敵のはずだ。

だというのに正体を隠してまでネモフィラさんの使用人をしているのはどうしてなんだろう？

「お嬢様に、助けていただいたからです」

「助けてもらった……？」

「人族の町で襲われているところを、まだ幼かったお嬢様が助けてくれたのです」

ミンティは咳払いを一つ挟んで、身の上話を始めた。

「わたくしは元々エルフ族の隠れ里で暮らしていました。里では数少ないエルフたちが手を取り合って種の存続に勤しみ、わたくしはその中で資金と食料の調達の役割を担っておりました」

彼は今一度、長くなった耳に触れながら続ける。

「わたくしの天職は『変幻師』と言いまして、先ほどお見せした『変幻魔法』で人族に化けることができます。そのため唯一怪しまれずに人族の村や町に潜入することができましたので……」

「それで人の町で資金を集めて食料に換えて、里に持ち帰っていたってわけか。でもさっき、人族の町で襲われてたって……」

「十年ほど前の話になるのですが、その時はまともに食事も取っておらず、体調が万全ではないせいで変幻魔法が解けてしまったんですよ。そして人前でエルフの姿に戻ってしまい、立ち所に人々に囲まれて……」

「……」

その後のことは容易に想像がつく。

町の中で突然、悪の象徴や災いの源と呼ばれているエルフが現れたら、心ない目を向けるのは必至だろう。

特に栄えた町に住んでいるほど、平和を脅《おびや》かすエルフを蔑視している者も多く、時には魔獣と同列視をして討伐をしようとする者もいるらしい。

エルフ族という事実を隠していたこともあって、ミンティの印象は最悪だっただろうな。

「大勢の人々に囲まれて、暴言や暴行を受けている中、その時に人々を止めてくれたのが、たまたま町に来ていたネモフィラお嬢様なのです」

ミンティはその時のことを思い出すように、微笑みながらネモフィラさんの方を見る。

「病弱でまだ六歳だったお嬢様は、それでも身を挺《てい》してわたくしのことを守ってくださいました。もちろん付き添いの使用人たちに止められてはしまいましたが、おかげで町の人たちは止まってくれて、わたくしは命を救っていただいたのです」

ミンティは執事服を見せるように襟を浮かせながら、さらに続ける。

「それからお嬢様は、エルフのわたくしに対しても分け隔てなく接してくれて、さらには里への食料調達が容易になるように、専属の使用人としても雇ってくれたのです」

……なるほど。

王城の使用人なら安定した収入が見込める。

エルフが資金を調達する方法は、薬草やら鉱石やらとの換金くらいしかなかっただろうし、誰か一人でもきちんとした職に就いていれば食料調達も安定することだろう。

第三王女様の専属使用人なら、かなり待遇もいいだろうし。

「もちろん城内の使用人や関係者たちは苦い顔をしていましたが、ネモフィラお嬢様に専属の使用人ができれば他の使用人たちの負担も軽減されるため、結果的には雇っていただくことができました」

「他でもない第三王女様の直々の任命でもあるからね。でもなんでネモフィラさんは、ミンティのことを助けて、専属使用人にまで任命したんですか？」

ただの良心から？　だとしたら殊勝な心がけだと思うけど、病弱で気弱だったという当時六歳の幼げな少女が、果たして良心のみでそんな判断をするだろうか？

疑問を持ちながらネモフィラさんの方を見ていると、彼女は心なしか自嘲的に答えた。

「私に、似てたから」

「似てた？」

「独りぼっちで、苦しんでる、私に……」

やはり言葉足らずな説明ではあったけど、その一言にはネモフィラさんの多大な思いやりが含まれているように感じた。

ミンティが補足をするように言葉を紡ぐ。

「ネモフィラ様は幼い頃より、ご兄弟との仲も良好とは言えず、使用人の何人かからも厄介者扱いをされていて、時には心ない言葉なども掛けられていたそうです。そのため城内では息苦しい思いをされていたとのことで、ご自身のその境遇と虐げられているわたくしの姿を重ねて……」

「ミンティのことを助けたってことか」

ネモフィラさんの方を見ると、彼女はおもむろに頷いた。

「だから私は、王様になって、ミンティが暮らしやすい国を作りたい。ミンティだけじゃなくて、同じように苦しんでるエルフも、みんな助けてあげたいから」

「それで、王様を目指して……」

そういうことだったのか。

確かに国王になってしまえば、現状のエルフの差別問題を解決するのも難しくはない。

いいや、逆に言えばそれしか手がないだろう。

現段階で国側が差別問題を解決する動きを見せていないことから、現国王にその意思はないように思えるし。

他の誰かがやらなければ、エルフ族は間もなく飢えや繁殖難によって絶滅を迎える。

そうならないために、ネモフィラさんは国王になってエルフ族を救うと決めたようだ。

おそらく彼女の兄弟の中にも、エルフを救う意思を持っている人がいないから、自分が王位を継ぐしかないと思ったのだろう。

「わたくしとしては、お嬢様にそこまでしていただくのは大変心苦しいので、エルフ族のことはお気になさらないようにと申したのですが……」

「これは、私がやりたくて、やることだから、ミンティの方こそ気にしなくていい」

ミンティが申し訳なさそうにする中、ネモフィラさんはこちらを見て続ける。

「昔、戦争とかはあったけど、それは昔のエルフが悪いだけ。今のエルフたちは、全然関係なくて、ミンティもいいエルフって知ったから。エルフが暮らしやすい国を、私が作るの。そのために、私を強くして」

ネモフィラさんが王様を目指す理由を知って、僕は腕を組みながら考え込む。

彼女が不純な動機を持っていないかどうか確認するために理由を尋ねたのだが、まさかこんな話を聞かされるとは思ってもみなかった。

虐げられているエルフ族を助けたい、か。

「……わかりました。お姫様のご依頼、お引き受けします」

ここまでの話を総合して、彼女は力を持つに値する人格者であると判断した。

正直、お姫様の手助けとか、エルフの差別問題の解決とか、トラブルのにおいしかしないから、いつもなら何かしらの理由をつけて断っている場面だけど……

こうして意を決して打ち明けてくれた以上、かぶりを振れるはずもない。

「ロゼさんならきっと、そう言うと思いました」

「……まあ、ここまで話聞いちゃったらね」

ローズとそんな会話をしていると、傍らでネモフィラさんが終始無表情だった顔に、微かな笑みを浮かべた。

「ありがとう、育て屋さん」

「こちらこそ、わざわざ事情を話してくれてありがとうございます。あとミンティも、僕たちのことを信用して正体を明かしてくれて、ありがとね」

「いえ、お嬢様のためですから」

というわけで僕は、育て屋としての二人目のお客さん……『姫騎士』ネモフィラさんの手助けをすることになった。

第二章　姫騎士の育て方

ネモフィラさんの手助けをするにあたり、さっそく翌日から動くことにした。

とりあえずはローズの手助けをした時と同様、西の森に行って魔獣討伐を行う。

ここなら比較的弱い魔獣が多いので、安全に天職を成長させることができるはずだ。

ただ、ミンティから聞いた〝魔王軍の活発化〟の影響か、最近は世界中の魔獣がやや凶暴になりつつある。

加えて今回手助けするのは一国のお姫様なので、万が一のことがないように慎重に行くとしよう。

「それじゃあネモフィラさん、森に入って魔獣討伐をしましょう」

「……わかった」

そう言い合って、僕たちは森の中へと入っていった。

ちなみにミンティは町の宿屋でお留守番である。

彼は専属使用人という立場上、ネモフィラさんに付き添いたかったみたいだけど、戦闘系の天職ではないため同行を断っておいた。

エルフだからといって人間離れした身体能力があるわけでもないし、自分の姿を変える変幻魔法くらいしか使えないから。

お姫様と二人きりになるのもなんだか気まずかったので、是非ともついて来てもらいたかったところだけど。

「魔獣は突然襲いかかって来ますので、僕から離れないようにしてください。この森の魔獣は弱いとはいえ、すばしっこい連中も多いので」

「……」

改めて注意を促しておく。

近くにいてくれたらいつでも守れるし、感知魔法が効いている限りは不意を突かれることもないからね。

と思って指示を送ったのだが、それに対してネモフィラさんからの返答はなかった。

代わりに、冷たくて柔らかい感触が左手に走る。

「……」

手を、握られていた。

背丈の関係から、まるで僕がお姉ちゃんに甘える弟のようになっている。

「あ、あのぉ、これはいったい……？」

「『離れないように』って言ったから。町を歩く時、ミンティがよくやってくれるやつ」

なるほどと内心で頷く。

確かにミンティならネモフィラさんのことを大切に思っているので、こうして離れないように手を握っていそうだ。

その感覚でこうして僕の手を取ってきたわけか。

「こ、これだと、僕がすぐに動けないので、近くにいてくれるだけでいいんですけど」

「……そっか」

ネモフィラさんはするりと手を離してくれる。

はぁ、びっくりした。

図らずもお姫様の手を握ってしまった。大変身に余る光栄である。

いや、それよりも僕は、他に気になることが一つあった。

失礼ながら、まるで死人の手でも掴《つか》んでいるのではないかというくらい、ネモフィラさんの手は〝冷え切っていた〟。

そして心なしか、その手は震えていたように思える。

「確認なんですけど、今までにも魔獣討伐の経験はあるんですよね？」

「うん、少しだけなら」

僕は少し前に聞いた話を思い出しながら続ける。

「確か、ミンティが雇った冒険者たちと、臨時でパーティーを組んで魔獣討伐をしたんですよね？ その時はどんな感じだったんですか？」

「ミンティが、その冒険者たちに『絶対安全に』って言い聞かせてたから、私は守られながら、敵の隙を作ってもらって攻撃してた」

「な、なるほど」

まあ、比較的よく知られた、安全な修行方法である。

それなら魔獣に攻撃される心配もないだろうし、初めての討伐でも〝緊張〟せずにできるはずだけど。

さすがに今回は付き添いが僕一人だけなので、それなりに緊張しているようだ。

相変わらずの無表情だからわかりづらいけれど。

ちなみに、その臨時のパーティーでの修行を三日ほど続けたらしいが……

【天職】姫騎士
【レベル】1
【スキル】
【魔法】障壁魔法
【恩恵】筋力：E120　敏捷：F30　頑強：E180　魔力：E150　聖力：F0

いまだにネモフィラさんのレベルは1である。

まあ、他の人に守られながら、隙を作ってもらって魔獣を討伐していたのでは無理もないだろう。

どれだけ魔獣討伐に貢献したかによって『神素』の取得量が変わるようになっているので、この場合そのほとんどが他の冒険者たちに流れていったのだと思われる。

ただでさえ病弱なお姫様で、昔から魔獣討伐とは無縁の生活を送っていただろうし。

それでもさすがに三日もあれば、二つや三つくらいはレベルが上がっていないとおかしいので、これはおそらく『姫騎士』の天職がかなり〝成長しづらい部類〟に含まれているのではないだろうか。

だから彼女たちは成長できないことに悩み、育て屋の話を聞きつけて僕のところにやって来たというわけだ。

まあ、僕もその冒険者たちとやることはほとんど変わらないけれど。

「基本的には僕も、そういう戦い方をしようと考えてます。僕が前に出て魔獣の攻撃を凌《しの》ぐので、隙ができたら斬りかかってください」

「……わかった」

ネモフィラさんは小さく頷いて、背中の大盾と直剣を手に取った。

期間は二ヶ月。

それでどれくらいレベルを上げられるかを聞かれたけれど、正直僕もいまいちわかってはいない。

同じやり方でまったくレベルが上がっていない実績があるからなぁ。

とりあえず育成師の応援スキルの効果下でどれくらいレベルが上がるか確かめてから、改めて返答しようと思っている。

そう考えながら森を歩いていると、僕はふとあることが気に掛かった。

「随分と大きな盾ですね。何かそれを持つ特別な理由とかあるんですか？」

少々、というかかなり大きめの盾。

大柄なネモフィラさんを完全に覆うことができるくらい大きいけれど、どうしてこのような盾を持っているのだろうか？

「ミンティが、持たせてくれた。身の安全だけは、確実にって」

「へ、へぇ……」

専属の使用人なだけあって、お姫様の安全管理は徹底しているようだ。

にしてもこの盾は大きすぎる気がするけど。

まあ、ただでさえ魔獣討伐なんて危なっかしいのに、病弱でぼんやりとしているところがあるネモフィラさんだからね。

「……」

と、そこで会話が途切れてしまう。

僕は再び話題を探そうとするけれど、上手いこと見つからない。

僕たちの間には若草を踏み締める音だけが、気まずく鳴っていた。

……やりづらい。

ローズやコスモスの時はこんな息苦しさ感じたことなかったんだけどなぁ。

相手がお姫様だとわかっているから、変な遠慮が僕の心の中にあるのだろうか。

何を話していいのやらよくわからない。向こうも無口なタイプだから何も言ってくれないし。

ていうか、下手なこと言ったら死罪とかあるんだろうか？

など会話の糸口を探していると、右側の茂みから気配を感じた。

「ピィィ！」

ネモフィラさんを庇《かば》うように立つと同時に、角が異様に長い兎が茂みから飛び出してくる。

この森に出没する魔獣の一種——針兎《ピンラビット》。

かなり弱い種族ではあるけど、万が一ということも考えて僕は全力で集中した。

角を振り立てて飛びかかってくる兎を、僕は右手のナイフで迎え撃つ。

鋭い角の側面を、ナイフの刀身で滑らせるようにいなす。

直後、背後に回ろうとしてきた針兎に、一瞥《いちべつ》もくれず後ろ蹴りを食らわせた。

「ピィ！」

兎は何度か地面で弾んで倒れる。

力の入っていない蹴りだったため、大したダメージにはなっていない。

しかし、これでいい。

「ネモフィラさん！」

倒れて隙を晒《さら》す針兎に、ネモフィラさんはすかさず直剣を振り下ろした。

無事に針兎の討伐に成功する。

魔獣討伐の経験が浅いとはいえ、さすがにこれくらいの魔獣なら倒せるらしい。

ネモフィラさんのレベルはまだ1だけど、かなり上質な武器を持っているのでそこで能力不足を補えている。

一応、僕が支援魔法で援助するという選択もあるけれど、もしその状態で魔獣を討伐したら討伐貢献度はさらに僕の方に傾いてしまう。

となると大半の神素が僕の方に流れることになってしまうのだ。

今のところ支援魔法は必須ではないので、なるべくは僕自身の補助だけで魔獣討伐をするようにしよう。

「この調子で魔獣を倒していきましょう。僕の応援スキルがあれば、たくさんの神素を獲得できますので、順調にレベルを上げられると思いますよ」

「……わかった」

少し、過保護な修行方法かとも思ったが。

お姫様の安全を第一に、僕は育て屋としての責務を果たすことにした。

僕が敵を引きつけて、隙を作り、そこをネモフィラさんが攻撃する。

大半の神素が僕の方に流れて来てしまう方法ではあるが、おかげでお姫様にはただの一度も傷が付くことはなかった。

◇

そんな修行を続けて、早くも三日が経過した。

【天職】姫騎士
【レベル】1

【スキル】
【魔法】障壁魔法
【恩恵】筋力：E120　敏捷：F30　頑強：E180　魔力：E150　聖力：F0

「なんで⁉」

修行開始から数えて、二十体目の魔獣を討伐したところで……

ネモフィラさんの天啓を確認した僕は、思わず目をひん剝《む》いた。

ネモフィラさんのレベルが、まったく上がっていない。

三日間修行を続けて、魔獣だって二十体も倒したのに。

育成師の応援スキルの効果を考えても、普通ならとっくにレベル7や8になっていないとおかしい。

極端にレベルが上がりづらい天職なのだろうか？

それとも、ローズのようにレベル上限が低いせいで成長が鈍足なのかな？

レベルは上限に近いほど上がりづらくなるので、もしネモフィラさんの『姫騎士』の天職も最大レベル10とかなら説明がつく。

「……………いや」

だとしても、レベルがたったの一つも上がらないというのはあまりにも不自然だ。

あのローズでさえも、少なからず一つや二つはレベルが上がっていたのだから。

そもそも限界突破《エクシード》は世界的に見ても実例がかなり少ないし、そう何度も僕の前にそんな逸材が現れ

ると は考えにくい。

「じゃあ、なんで……?」

まるで原因がわからなかった。

森の中でネモフィラさんと一緒に立ち尽くしながら、僕は冷静になって考えてみる。

天職のレベルが上がっていない。ということは、天職の栄養である『神素』を正しく獲得できていないということだ。

そして神素は魔獣討伐の成果に応じて神様がくださるもの。

あまり強い魔獣を倒したわけではないけれど、魔獣討伐を果たしたのは紛れもない事実だ。ゆえにまったく神素をもらえないというのはありえない。

ネモフィラさんが取得するはずだった神素は、どこに行ってしまったのだろうか?

「……まさか、全部僕に?」

神素は、魔獣討伐にどれだけ貢献できたかによって取得量が変わるようになっている。

また、特殊な倒し方や天職に見合った戦い方をすることでも取得量が変動するようになっている。

初めて倒した魔獣の場合は、『初討伐神素』として通常よりも多くの神素を得ることができたり。

他には一撃で倒した場合や、無傷で倒した場合も通常よりも多くの神素を取得できる。

そういった〝戦闘内容〟によって神素取得量は変動し、最終的には魔獣討伐に一番貢献した人物に多くの神素が渡るようになっているのだ。

ネモフィラさんが神素を取得できていないということは、もしかしたらすべての神素が僕の方に流れて来てしまっているのかもしれない。

でも、僕たちはちゃんと役割を分担して魔獣討伐を行った。

仮に僕の方が討伐貢献度が高いとしても、ネモフィラさんにまったく神素が流れないということはやはりあり得ない。

顎に手を当てながら深く悩んでいると、ネモフィラさんが心なしか不安げに呟いた。

「……私って、才能ない？」

「あっ、いや、これは才能とかそういうのではないような……」

才能がないせいでまったく神素を得られないという話は聞いたことがない。

魔獣討伐と神素の仕組みは、才能など関係なく万人に共通しているもののはずだから。

となるとやはり、ネモフィラさんの『姫騎士』の天職がとても成長しづらい部類と考えるのが自然だろう。

「私、強くなれないのかな。王様になって、エルフを助けられないのかな」

「……」

無表情だったネモフィラさんの顔に、僅《わず》かな翳《かげ》りが見える。

挫けてしまいそうになるのも無理はない。

ここまでやってまるで成長を感じることができていないのだから。

それに、元から病弱な体質で生まれたネモフィラさんは、第三王女ということもあって家族から目を掛けられなかった。

他の兄弟と違って扱いもひどく、幼い頃から強烈な劣等感を抱いていたはずだ。

自分はダメな人間なのだと。

それがよもや、こうして修行してもレベルがまったく上がらないだなんて、ますます自己嫌悪に陥ってしまうだろう。

なんて声を掛けたらいいか……

その助け舟は、意外なところからやってきた。

『お嬢様、突然のご連絡失礼いたします』

「……ミンティ？」

どこからか、ミンティの声が聞こえてきた。

咄嗟《とっさ》に視線を彷徨《さまよ》わせても、辺りに彼の姿はない。

というか、ミンティの声は頭の中に直接響いているようだった。

もしかしてこれが、一部のエルフ族が使えるという『思念伝達』の力だろうか？

一度出会ったことがある相手なら、どれだけ遠方に離れていても連絡ができる力。

ミンティはそれを使える側のエルフだったのか。

『もしや、魔獣との戦いの最中でしたでしょうか？　でしたら改めさせていただいて……』

「ううん、大丈夫。それで、どうかした？」

『お嬢様、本日は町の市場にて新鮮な赤毛豚《あかげぶた》と甘魚《あまうお》を見かけたのですが、ご夕食の主菜はどちらがよろしいでしょうか？』

「……」

まさかの晩ご飯の要望。

わざわざ思念伝達を使って連絡をしてきたので、急を要する案件かと思ったけど、ものすごく生活感溢れる連絡だった。

「……さ、魚の方」

『かしこまりました。及ばずながら、わたくしもお嬢様の修行のご支援ができますよう、腕によりをかけて調理をさせていただきます。また、無事にご帰還されますよう、お嬢様のご武運をお祈り申し上げます』

ミンティからの連絡は以上だった。

本当に晩ご飯の希望だけ聞いて終わってしまった。

そのことを怪訝《けげん》に思ったネモフィラさんが、不思議そうな顔で首を傾《かし》げていた。

「そんなの、聞かなくてもわかってるのに……。私の好きなものくらい、ミンティなら……」

それなのにどうして、わざわざ連絡をしてまで尋ねてきたのか。

僕にはその理由が、とても簡単にわかってしまった。

「本当は、ネモフィラさんのことが心配で、常に連絡をしてたいんだと思いますよ」

「えっ？」

「毎回、町に帰る度に、僕が見てわかるくらい安心した顔をしてますからね。こうして魔獣討伐の冒険に出かけるのにも、本当は反対したいんだと思います。それでも毎日お弁当を作って送り出してくれるのは、きっとネモフィラさんの厚意と覚悟を無駄にしたくないと考えているんじゃないですか」

ネモフィラさんはミンティのために王様になろうと思っている。

反対にミンティは、自分のためにネモフィラさんに危険な目には遭ってほしくないと思っている。

そう考えている傍らで、ネモフィラさんの厚意と覚悟に水を差すようなことをしたくもないと思っているんじゃないかな。

これでもし本当に修行が上手くいけば、エルフ族を救う以前にネモフィラさんを〝王様〟にしてあげることができるから。

それは家族たちから見放されていたネモフィラさんが、立場をまるっきり逆転させることができる絶好の機会ということである。

だからその機会をふいにしないためにも、心配している様子を表に出していないんじゃないかな。

「私に才能は、ないのかもしれない」

「えっ？」

「でも、もうちょっとだけ頑張ってみる。ミンティが、背中押してくれたから」

落ち込みかけていた気持ちを立て直したのか、ネモフィラさんがいつもの無表情に戻っていた。

そして森の奥に向けて歩き始めながら、顔をこちらに向けて言う。

「ロゼも、まだまだよろしくね」

「……はい」

育て屋の僕がやるべきこと。

依頼人が強くなりたいと思う限り、最大限、成長の手助けをさせてもらうことだ。

育て屋の僕が弱気になってちゃダメだよな、と思いながら、ネモフィラさんの後を追いかけようとした。

瞬間――

「――っ⁉」

ネモフィラさんの後ろの茂みから、突然何かが飛び出して来た。

長い角を持った兎――針兎《ピンラビット》。

ネモフィラさんはおろか、感知魔法を張っていた僕でさえ出てくるまで気が付かなかった。

いや、ちょうど今、感知魔法の効果が切れてしまったのだ。

偶然か意図的か、その一瞬の隙間を射抜くように、針兎が襲いかかって来た。

「ネモフィラさん！」

「……」

しかしお姫様は、針兎の出現に動じていなかった。

しっかりと魔獣の動きを目で捉えて、ミンティが渡してくれたという盾で突進を〝受け止める〟。

がっちりとした盾によって攻撃を防がれた針兎は、その衝撃によって体が弾《はじ》かれていた。

その隙を見逃さず、ネモフィラさんは左手の剣で的確に追撃する。

「――っ！」

鋭い息遣いと共に放たれた一撃により、針兎は倒れた。

その一連の戦闘をハラハラしながら見ていた僕は、すぐにネモフィラさんのもとに駆け寄った。

「す、すみません！　僕が気を抜いてたせいで……」

「いいよ、別に。怪我なかったし。自分だけで倒せたから」

確かにネモフィラさんだけでも、まったく問題なく倒せたけれど。

やはりお姫様に傷が付くことになるのは大問題だろう。

もしそうなったらミンティにも顔向けができないし。

まさか感知魔法の効果が切れるその時に、針に糸を通すようなタイミングで魔獣が襲いかかって来るなんて。

今度からは油断しないようにしよう。

「あれっ？」

脳内で深く反省しながら、僕はネモフィラさんの〝頭上〟に目を向けて疑問符を浮かべる。

その直後、見間違いではないかと思って、思わず瞼《まぶた》を擦《こす》った。

でも、見間違いではない。

「ネモフィラさん、天啓を見てください！」

「てんけい？」

言われた彼女は、不思議そうに首を傾げる。

しかしすぐに頷いて、僕が言った通りに天啓を出してくれた。

ネモフィラさんはそれに目を落として、ハッとしたように目を見開く。

【天職】姫騎士
【レベル】2
【スキル】
【魔法】障壁魔法
【恩恵】筋力：E135　敏捷：F35　頑強：D205　魔力：E170　聖力：F0

レベル1だった『姫騎士』が、レベル2に成長している。

「今の戦闘で、ちょうど上がったみたいですね。初めてのレベル上昇ですよ」

「レベル、上昇……」

ネモフィラさんは自分の拳を握り込んで、そこにじっと目を落とす。

相変わらずの無表情でわかりにくいけれど、ネモフィラさんは初めて成長を実感して感動を覚えているようだ。

同じく僕も例えようのない達成感と安心感を覚えて高揚してしまう。

今回は僕の助力なしで一人で針兎を倒したから、神素の取得量も多かったのだろう。

ちゃんとレベルが上がってよかった。このままずっとレベル1のままかと思ったよ。

それに、恩恵の成長率もかなり高い。特に頑強の恩恵の上昇が目覚ましいな。

このまま順調にレベルを上げることができれば、ネモフィラさんはものすごく打たれ強い〝重戦士〟に化けるのではないだろうか。

さすがは王族の血を引く天職と言うべきか。

「今日はミンティに、とてもいい報告ができそうですね」

「……うん、そうだね」

これでネモフィラさんも、ちゃんと強くなれることがわかった。

三日間修行を続けて、ようやくレベル１からレベル２になっただけだけど、少しずつでもこうして前に進んでいこう。

僕たちは微かな希望を手にして、再び前に歩き始めた。

◇

その日の夜は、僕の育て屋で成長をお祝いした。

ミンティが腕によりをかけてご馳走を用意してくれて、一緒にネモフィラさんの成長を喜び合うことができた。

お姫様の専属使用人を務めているだけあって、彼の料理はかなり美味だった。

使用人として雇われる前はまったく料理をしておらず、家事についてもさっぱりだったみたいだけど……

「王城に雇われてからというもの、使用人頭のキクさんにみっちりしごかれましたから」

「キクさん？」

「使用人としてのわたくしの〝師匠〟みたいな人です」

ミンティはそれぞれの取り皿にサラダを分けながら、少年のような童顔に笑みを浮かべる。

「エルフという以上、やはり王城の関係者たちからはあまりよく思われず、使用人としての仕事もほとんど教えてもらえなかったんです。それでも唯一対等に接してくれた方がキクさんだったんですよ」

「その使用人頭さんは、エルフに対して特に警戒心とか持ってなかったってこと？」

「そうですね。『使える奴ならエルフでも犬でもなんでもいい』。そう言ってわたくしに使用人としての仕事を叩き込んでくれましたから」

「キク、そういう人だからね。悪いことしたら、王子も王女も関係なく、みんな叱ってるし。私も、怒られたことある」

「へ、へぇ……」

随分と豪快な使用人さんもいたもんだ。

でもその人のおかげで、ミンティも家事使用人として腕を磨くことができたみたいだ。

「今ではこのように、人様にお出しできるほどの品を手掛けることができるようになりました。まだまだキクさんには及びませんけど、いつかきっと同じくらいの使用人になって、ネモフィラお嬢様に相応《ふさわ》しい使用人になってみせます」

「ミンティのご飯、もう充分美味しいよ？」

そんなやり取りを見守りながら食事を続けて、程なくして僕たちは夕食を終えた。

これほど美味しくて飽きがこない料理を食べられるなんて、ネモフィラさんが少し羨ましく思えてしまう。

それからミンティと一緒に後片付けをして卓に戻ると、そこではネモフィラさんが卓上にうつ伏せになって眠っていた。

「お、お嬢様、こちらでお休みにならずに、どうか宿屋の方へ……」

「ん～……」

なんとかネモフィラさんを起こそうと肩を揺すっているミンティを見ながら、僕は思わず笑みをこぼす。

「なんかお父さんみたいだね」

「お父さん、ですか。歳の差を考えれば〝お爺さん〟と言った方が適切になりますが……」

「えっ……」

お爺さん？　ミンティってそんなに歳いってたの？

長寿のエルフは若い見た目を長期間維持できるとは聞いているけど、もしかしたら僕の想像以上の歳なのかもしれない。

「ミ、ミンティって歳いくつなの？　見た目的に最初は若いと思って、僕ずっと敬語とか無しで話しちゃってたけど……」

「それは別に気にしないでください。お嬢様の言葉をお借りするわけではありませんが、今さら畏《かしこ》まられてしまう方が違和感がありますので」

それならまあ、今のままでいいか。

結局いくつなのかは教えてもらえなかったけど、たぶん『お爺さんと言った方が適切』と教えてくれた辺り、五十か六十ほど上と見ていいだろう。

まったくそんな風には見えないから、やっぱりエルフって不思議な存在だ。

僕としても十歳前後の少年に敬語というのは違和感があるから、そのままでいいのはありがたいけど。

「そういえばミンティって、誰に対しても敬語だよね。ネモフィラさんならともかく、僕に対してもそうだし。エルフ族ってそうだったりするの？」

「いえ、エルフ族というのは関係ありませんよ。エルフにも口が悪い者が大勢いますから。わたくしも使用人として雇っていただく前は言葉遣いを崩していましたし」

「へぇ、想像つかないなぁ」

そもそも使用人になる前のミンティがどんな感じだったのか思い浮かばないなぁ。

傍《はた》から見たら本当に普通の少年だし。

「当時は人間のこともあまりよく思っていなくて、敬う気持ちなど微塵《みじん》もありませんでした。それをこのように変えていただいたのは、他でもないネモフィラお嬢様なのです」

その時のことを思い出すように、ミンティは静かに微笑む。

「初めて人間に優しくされて、人間の中にも善良な心の持ち主がいるのだと気付かせていただきました。専属使用人として雇っていただいてからも、お嬢様にはすごく気に掛けていただいて……」

ミンティは懐から青い毛糸の手袋を出してこちらに見せてくる。

「こちらの手袋、わたくしが寒い時季に手を冷やしていたため、お嬢様が十歳の頃に頑張って手編みしてくれたものなんです。ただの使用人であるわたくしのために一生懸命になって……」

「ぼ、僕、そういう話に弱いから、それ以上はちょっと……」

危うく目頭が熱くなるのをなんとか堪《こら》えていると、それを面白がるように笑いながらミンティは続ける。

「おかげでわたくしは人間を敬う気持ちを持つことができて、今ではこのように使用人らしい言葉遣いができております。ですから人の優しさをお教えくださったお嬢様には、是非王様になっていただきたいのです。エルフ族の差別問題解消の件は関係なしに、たくさんの方にネモフィラ様を認めていただきたいので」

生まれながらに病弱で臆病。

第三王女という立場から優秀な兄弟たちとも比較をされて、目を掛けられることがまるでなかったネモフィラさん。

だからこそミンティは彼女の存在や優しさをみんなに認めてもらいたいから、国王になってほしいと考えているようだ。

エルフ族を助けたくて王様を目指すネモフィラさん。ネモフィラさんをたくさんの人に認めてもらいたくて応援しているミンティ。

いいコンビなんだな、なんて人知れず思いながら、僕は改めてミンティに言った。

「必ずネモフィラさんを王様にしてみせる、なんて強気なことは言えないけど、育て屋として最大限の協力をさせてもらうよ」

「はい。引き続きよろしくお願いいたします」

今日は初めて成長を実感できたわけだし、明日からさらに気合いを入れてネモフィラさんの手助けをしよう。

二人の思いを実現させてあげたいと思い、僕はますますやる気をたぎらせた。

◇

それからおよそ一週間が経過した。

僕はネモフィラさんの身の安全を考慮しながら、彼女の成長の手助けを続けた。

一度油断したせいでお姫様の身を危険に晒してしまったため、それからは最大限の気を配り続けた。

だが、決して効率の悪い魔獣討伐はせず、きちんと彼女にも活躍の場を用意して貢献度が傾かないようにした。

この一週間、育て屋としてこれ以上ないくらいの働きをしたと、恐れながら自負している。

奇跡的にも（？）他の依頼者が来ることもなかったので、僕は尽くせる限りの力をネモフィラさんに注いできた。

その結果……

【天職】姫騎士
【レベル】2
【スキル】
【魔法】障壁魔法
【恩恵】筋力：E135　敏捷：F35　頑強：D205　魔力：E170　聖力：F0

ネモフィラさんの天啓には、まるで変化がなかった。

修行開始からちょうど十日目となった今日。

森での修行を終わらせて町に帰って来た僕は、改めてミンティも呼んで自宅で話をすることにした。

主に、これからどうするかという話について。

いや、〝話〟というよりかは、〝謝罪〟と言った方が正しいかもしれない。

育て屋として成長の手助けを任されたのにもかかわらず、この一週間まるで成果を残すことができなかったから。

違う魔獣と戦ったり、場所を変えて修行を続けたりもしたけれど、どれも効果はなかった。

二人を家に招いて、対面の席に腰掛けてもらうと、僕はすかさず頭を下げた。

「ごめんなさい。僕の力不足で……」

そう言われることを予想していたのか、二人はあまり驚かなかった。

というか僕と同じように困り果てた顔をしている。

誰も、現状の解決方法について、まったくわからなかった。

どうしてネモフィラさんのレベルは上がらなくなってしまったのだろうか。

修行開始から三日目のあの日、ようやくネモフィラさんの天啓に変化が生じて、少しずつでも前に進めると歓喜したんだけど、あれから天啓に変化はない。

育成師の応援スキルのもとで、ちゃんと魔獣討伐をしたというのに。

「いいよ、別に。ロゼのおかげで、一つだけでもレベルを上げられたし。私でも成長できるって、わかったからさ。それに、まだ日はあるし」

「……」

確かにまだ一ヶ月半の猶予がある。

しかしこの調子で修行を続けても、レベル2のまま何も変わらずに決闘当日を迎えることになってしまう。

もしかしたら奇跡的に成長できる方法が見つかるかもしれないけど、それでもたった一ヶ月半ではレベル15に到達するかどうかというくらいだろう。

それで他の王子や王女に勝てるとは思えない。

他の兄弟たちがどういう天職を持っているのか定かではないけれど、王族の血を引いていることから全員が侮れない力を持っているはずだ。

「どうすれば……」

三人揃って頭を悩ませていると……

その思考を止めるかのように、思わぬところから声が掛かった。

「邪魔すんぞぉ」

「――っ⁉」

突如として、玄関の扉が開けられた。

ノックもせず無遠慮に自宅に押しかけて来た人物は、赤い髪をツンツンに尖らせた、背の低い〝少年〟だった。

「……子供？」

何の前触れもなく家に入って来た人物は、どこからどう見ても子供だった。

しかし、今の声の低さからして、すでに変声期を終えているように思われる。

コスモスの前例もあるので、やはり歳の頃は定かではない。

ただ、高価そうな黒いジャケットコートに、手入れの行き届いた肌と髪を見るに、かなり生まれの良さそうな人物ということはわかった。

その雰囲気の理由は、すぐにわかった。

「ヒ、ヒイラギ兄様……」

「兄様？」

ネモフィラさんが珍しく動揺したように目を見張っていた。

ヒイラギ兄様。

もしかしてこの人が、ネモフィラさんのお兄さん？

確か、ネモフィラさんの上には二人の兄と二人の姉がいるという話だ。

兄のうちの一人が、第一王子のクロッカスという人。

ということは、目の前にいる赤髪の少年が、第二王子のヒイラギ・アミックスか。

玄関の扉の隙間から、従者と思われる人物が外で待っているのも見え、ミンティが戸惑っている様子からもその人で間違いないだろう。

ただ、なんでそんな人物が育て屋に……

「おぉ、ネモフィラ！　マジでこんなボロ屋にいやがったのか！　いくらうちで居場所がねえからって、普通こんなとこに来るかよ」

ヒイラギと呼ばれた赤髪の少年は、まるで埃を払うように鬱陶しそうな顔で手を振る。

その言動に僅かに憤りを感じたけれど、僕はぐっと堪えて怒りを飲み込んだ。

代わりにネモフィラさんが、見たこともないくらい怯えた様子でヒイラギに問う。

「な、なんでヒイラギ兄様が、ここに……？」

「んなにビビることはねえだろうが。別に〝いつもみたい〟にてめえをいじりに来たわけじゃねえんだからよ」

ヒイラギの台詞《せりふ》に、一部気に掛かる箇所があったけど。

そこには言及せずに、身長差が反対であるべき兄妹のやり取りを黙って見続けることにした。

「どうして、ここにいるの？」

「どうしても何も、王都から馬車を走らせたんだから、どの町にいるかくらいは簡単にわかるだろ。それと、そんなに無駄にでかい体してんだから、嫌でも目立つだろうが」

「……」

そのヒイラギの言葉に、ネモフィラさんはかぶりを振るように返す。

「なんでここがわかったか、じゃない。なんで私を探してたのって、聞いたの」

「んだよ、だったら最初からそう聞けっての。相変わらず口数少なくて何言ってんのかわかんねえ奴だな」

僅かに語気を強めた彼の台詞に、ネモフィラさんはビクッと肩を揺らす。

やはり、あのネモフィラさんとは見違えるほど怖がっているように見える。

この兄貴と何かあったのだろうか。

身長差からは、まるっきり立場が逆のように見えるけど。

「俺がてめえを探してたのは、王位継承者の一人として伝えたいことがあったからだよ」

「つ、伝えたいこと？」

「まず、今回の継承権をかけた決闘について、色々と決まったことがあんだ。王城で開催されることになった決闘は、一部の上流階級の連中を呼んで、『継承戦』と銘打ってそいつらにも公開するらしい」

口早にそう言ったヒイラギは、さらに立て続けに説明する。

「決闘方式は、ほとんどなんでもありの模擬戦で、継承者五人による勝ち抜き戦になってる。まずは王位継承順位が第一位のクレマチスの姉貴を除いた四人で戦って、最後に残った奴がクレマチスの姉貴と戦うことになる。それで勝った方が、改めて王位継承順位一位になるってことだ」

ほとんどなんでもありの模擬戦。

密かに気になっていた決闘方法を、思いがけず王子の口から聞くことになった。

それを事前に知ることができたのはよかったけれど、素直には喜べないような内容だ。

勝ち抜き戦ってことは、この王子とも〝なんでもありの模擬戦〟をすることになるかもしれないってことだから。

「それを、私に伝えに来たの？」

「ハハッ！　親切にそれを言うためだけに、俺がわざわざてめえに会いに来たとでも思ってんのか？　んなわけねえだろうが」

小さな見た目に似合わず、ヒイラギは低い笑い声を上げて、さらに声音を低めて続けた。

「勝ち抜き戦の一回戦目の組み合わせが決まったんだ。まずはクロッカスの兄貴とニゲラの奴。それから俺とてめえだ、ネモフィラ」

「……」

まさか最初からいきなりこの赤髪の王子とぶつかることになるとは思わなかった。

ネモフィラさんも同じことを思ったのだろう、言葉を失くして唖然《あぜん》としている。

そんな気持ちの整理をする間もなく……

「そこでだネモフィラ、単刀直入に言わせてもらうけどよ……継承戦、このまま何もせずに棄権しろ」

「えっ……」

何を考えてか、ヒイラギの類に不敵な笑みが浮かんだ。

「棄権しろって、なんでそんなこと……」

「はっ？　そんなのわかり切ってるだろ。勝負なんてする前から勝敗がわかってるからだよ」

ヒイラギは『何を言っているのだ』と言わんばかりに肩をすくめる。

呆然とするネモフィラさんを見て、心底呆れているようだった。

「俺は親切心からそう言ってやってんだぞ。もし仮に俺らが戦うことになれば、確実にてめえは軽傷じゃ済まねえ」

なんでもありの模擬戦なので、現状ではそうなるのは目に見えている。

目の前の男から感じる迫力からも、相当な実力者であることが窺えるから。

「俺も加減が苦手だからなぁ、もし継承戦でてめえとやり合うことになったら、うっかり殺しちまうかもしれねえな」

「……」

わかりやすい脅しに、ネモフィラさんは血の気が引くように顔を青くした。

これは完全に脅迫だ。

もしこのまま継承戦に出たら、容赦せずに叩きのめすという警告。

これほどの実力者が加減を知らないはずもないので、うっかりしたら殺すというのは完璧に虚言だろう。

「だから棄権しろって言いに来たんだよ。聞けばてめえは、継承戦に前向きな意思があるって城の連中が言ってたし、このままじゃ本当に身を投げ出して来るかと思ったからよ」

たとえ相手が目の前のこの強者だとわかっていても、ネモフィラさんなら確実に継承戦に参加していたはずだ。

勝ち目がほとんどないからって、ミンティの仲間たちであるエルフ族を救うためなら僅かな可能性にも手を伸ばさないはずがない。

「間抜けの身投げに付き合うつもりもねえし、ハナからてめえに勝ち目なんてねえんだから、今から王都に戻って父上に参加取り消しの申し出をして来いよ。それなら無駄に争う必要もなくなるんだからよ」

「……」

ヒイラギの説得に、ネモフィラさんは悔しそうに拳を握り込んでいる。

勝ち目がないと自覚していながらも、彼女には棄権したくない理由があるから。

それにしても、どうしてこの王子様はここまでしてネモフィラさんを継承戦から辞退させようとしているのだろう？

彼女が自ら継承戦から降りることで、ヒイラギにはいったいどんな利点があるというのだ？

むしろ力を示すための舞台装置として、継承戦に参加してもらった方が都合が良さそうに思えるけれど。

僕のその考えにかぶりを振るように、ヒイラギは続けた。

「てめえみてえな雑魚に食い下がられたっつー事実があるだけで、俺の面子《メンツ》が立たなくなるんだよ。いくら弱者をいたぶったところで力の証明にはならねえし、てめえに出られるだけで俺は相当迷惑するんだ」

ヒイラギはうんざりするようにそう言うと、僅かに声音を落として続ける。

「逆に、てめえが俺の力に怯《ひる》んで棄権したことになれば、上流階級の連中に強烈な印象を与えることができる。てめえなんて出るだけ無駄なんだからよ、お互いに不利益になることをすんのはやめようぜって話だよ」

今のネモフィラさんに継承戦で勝ったとしても、力の証明にはならない。

逆に怯ませて棄権させたことにすれば、その分継承戦に招いた貴族の人たちに己の強さを示すことができる。

ネモフィラさんに出られるだけ迷惑。ヒイラギにとってはそうなってしまうのだろう。

でもだからって、それはあまりにも一方的な要求ではないだろうか。

ネモフィラさんでは絶対に自分には勝てないと決めつけて、自分のために棄権しろと言っているのだから。

「なあ、いいからさっさと棄権しろよ。何を思って継承戦に前向きなのか知らねえが、てめえみてえな奴が王になれるわけねえだろ。どうしてそこまでして王位にこだわるんだ」

ヒイラギが恫喝するように迫って来ると、ネモフィラさんは高身長なのが嘘のように、体を小さくして怯えてしまった。

しかし完全に黙り込むことはなく、強い意志を持って言葉を返す。

「私は、王様になって、エルフ族を助ける」

「エルフ？」

「小さい時から、ずっと一緒にいる。大切な付き人の、仲間たち。ミンティたちが暮らしやすい国を、私は作る」

ヒイラギの赤い瞳が、同じ背丈のミンティの方に向く。

「ハッ！　そのクズエルフのために王になるだと？　んな浅い理由で継承戦を勝ち抜けるとでも思ってんのか？　つーか……心底くだらねえな」

ネモフィラさんの拳に一層の力が込められていく。

しかしそれはどこにも放たれることはなく、彼女の憤りは怯えによって押さえつけられてしまった。

「絶滅寸前の劣等種族なんざ〝奴隷〟として従えるくらいがちょうどいい。国の連中のほとんどもエルフを嫌ったり気味悪がったりしてるしな。なんだったら俺が王になった暁には、エルフ族を魔獣と同様に討伐対象に加えてやってもいいぜ。そこの使用人も晴れて害獣扱いだ」

「……っ！」

「そもそもネモフィラ、てめえみてえな奴に王位継承権が存在してること自体が間違ってんだよ。生まれた時から病弱で、でけぇ図体しながら羽虫にもビビるくらいの臆病で、愛想を振りまくこともできない愚図女が、この国の王になるだぁ？　ろくに開かなかったその口は、そんなくだらねえ冗談を言うためだけのものだったのかよ」

ネモフィラさんは、何も言い返すことができない。

隣でそれを聞いているミンティも、悲痛な表情で立ち尽くしているだけだった。

「……ハッ、何も言い返すことができねえじゃねえか。やっぱ臆病者は臆病者らしく、うちに引きこもって大人しく震えてることだな。てめえは〝王の器〟じゃねえからよ」

何も言い返すことがないネモフィラさんを見て、それを戦意の喪失と取ったのだろうか。

ヒイラギがそのまま家を後にしようとした。

無言で項垂《うなだ》れるネモフィラさんを見て、棄権するとの確信を得たのだろう。

最後に言い残すように、ヒイラギはこちらを振り返って勝ち誇った表情を浮かべた。

「じゃ、継承戦棄権の件、よろしく頼むぜ臆病者さん」

だが、それを否定するかのように……

ネモフィラさんが顔を上げて、今一度ヒイラギの背中に声をぶつけた。

「私は、王様になる」

「……はっ？」

「私は王様になって、ミンティを……エルフ族を助ける。棄権なんか、絶対にしない。……ヒイラギ兄様にだって、負けるつもりはない！」

「……」

出会ってから、初めて聞いたかもしれない。

家中に響くかと言うくらいの、ネモフィラさんが放った大きな声。

いまだに怯えた様子を見せながらも、その恐怖を無理矢理に振り払うように、彼女は声を荒らげて抗議した。

「……へぇ、まだそんなこと言う元気があんのかよ」

それに対して、いったい何を思ったのだろうか。

ヒイラギがネモフィラさんの方に向き直り、低い目線から彼女を見上げた。

身長差が正反対の兄妹。

直後、ヒイラギは怒りをあらわすかのように顔をしかめて、懐から小さな〝箱〟を取り出した。

「【顕現《コール》】――【砂鎧《グリッドマン》】！」

ヒイラギが唐突にそう唱えると、箱の中から光の玉が飛び出して来る。

それはネモフィラさんの目の前に落ちて、まるでシャボン玉のようにパチンッと弾けた。

すると、どういうことだろうか……

光が弾けたその場所に、砂によって作られた〝甲冑騎士〟が出現した。

「――っ!?」

驚愕する僕をよそに、甲冑騎士はネモフィラさんの腕に掴みかかる。

腕を引っ張りながら足を蹴飛ばすと、ネモフィラさんの大きな体が宙に舞った。

激しい衝撃と音を放ちながら彼女は床に転ばされて、声にならない呻《うめ》き声を漏らす。

そこにヒイラギが近づいて来て、右手を伸ばしてネモフィラさんの青髪に掴みかかった。

「あっ……ぐっ……！」

「見下ろしてんじゃねえぞネモフィラぁ。今ここで痛めつけて実力の差をわからせてやってもいいんだからな」

目まぐるしく変わる状況に動揺しながらも、僕は冷静になって砂の騎士を見据える。

今のは召喚魔法？　いや、これは召喚魔法の魔力で作り出された召喚獣ではない。

独立した意思と命を宿している、紛《まご》うことなき〝魔獣〟だ。

それは育成師の僕が宿している【神眼】のスキルが証明している。

そうわかると同時に、僕は反射的にヒイラギの頭上にも視線を移して、改めて目を凝らした。

【天職】箱庭師
【レベル】35
【スキル】調教　配合　園丁
【魔法】使役魔法
【恩恵】筋力：Ｂ４５０　敏捷：Ａ５２０　頑強：Ｃ３８０　魔力：Ａ＋６２０　聖力：Ｆ50

『箱庭師』。

恩恵の数値自体は特別高いわけではない。

ただ、かなり特質的な能力を宿している天職のようだ。

一言であらわせば、野生の魔獣を捕らえて、【調教】によって従わせる天職。

魔法使いならぬ、世にも珍しい〝魔獣使い〟と言ったところか。

「いいから棄権するって言えよおい。てめえが出るだけで俺にとって不利益になんだよ。そこの劣等種族のためとか知ったこっちゃねえ。そんなくだらねえ理由で俺の面子を潰すんじゃねえよ」

「ぐっ……うっ……！」

髪を引っ張られながら恐喝をされて、ネモフィラさんは苦しそうに唸《うな》り声をこぼしている。

しかしそれでも、彼女の胸の内にある闘志は、いまだに燃え尽きてはいなかった。

「わた、しは……絶対に棄権しない！」

「この……クソアマがぁ！」

ヒイラギの左拳が力強く握られて、ネモフィラさんの顔を目掛けて振られる。

ネモフィラさんは恐怖心から瞼を閉じて、滲《にじ》ませていた涙を散らした。

刹那、ヒイラギの左腕を、僕が掴んだ。

「そのくらいに、しておいてもらえませんか」

「……誰だてめえ？　見たことねえ従者だと思ってたが、ネモフィラの新しい御守《おも》りか？　随分とみすぼらしい格好してるじゃねえか」

腕を掴まれたヒイラギは、一瞬だけ不機嫌そうに顔をしかめる。

しかし僕を見た瞬間に嘲笑を浮かべて、言葉の刃をネモフィラさんに刺した。

「従者の質は主人の格に直結する。エルフ族の使用人を連れてるだけでも体裁が悪くなるってのに、これ以上王族の顔に泥を塗るんじゃねえよ」

「あっ……ぐっ……！」

さらに強く青髪を引っ張って、ネモフィラさんを痛めつけた。

それを止めるべく、僕はヒイラギの腕を引いて答える。

「僕は育て屋のロゼです。ネモフィラさんの従者ではなく、あくまで協力者の関係です」

「育て屋？　あぁ、そういやこのボロ屋がそんな名前だったな」

心底どうでもよさそうに、ヒイラギはつまらなそうな顔をする。

「まあ、なんでもいいか。てめえの素性なんか微塵も興味はねえ。とりあえず…………汚ねえ手で俺に触ってんじゃねえ」

瞬間、主人のその敵意に反応するように、傍らに立っていた砂騎士が始動した。

砂でできた太い右腕を振りかぶって、射抜くような正拳を僕に放ってくる。

ネモフィラさんを相手にした時とは違う、まったく容赦のない一撃。

それを見ていたネモフィラさんとミンティが、小さな悲鳴をこぼす。

「――っ！」

僕は砂騎士の右拳を正確に目で捉えて、息を鋭く吐きながら躱《かわ》した。

直後、砂騎士の右腕を掴んで、それを引っ張りながら奴の足を蹴飛ばす。

その衝撃によって砂騎士の大きな体は宙を舞い、激しい衝撃と音を放ちながら床に転んだ。

それを見ていたヒイラギが、一瞬驚いたように赤い瞳を見張る。

「今のは、【砂鎧《グリッドマン》】の……」

そう、先ほどこの砂騎士がネモフィラさんにかけた技だ。

別に真似する必要はなかったのだが、少しだけ腹が立っていた僕はお返しとばかりに砂騎士を転ばせた。

「行き過ぎた兄弟喧嘩を仲裁したいと思ったのもそうですが、ここは〝僕の家〟で、〝僕の育て屋〟です。下手に暴れて物でも壊されたら困るんですよ」

「……へぇ、みすぼらしい格好してるが、そこそこ戦えるみてえじゃねえか」

僕の言い分など耳から筒抜けになっているように、ヒイラギはこちらを観察しているだけだった。

上流階級の人間は話を聞かない人が多いな。それと血の気も多い。

別に王子様と一戦交えるつもりなんてないのに。

しかしネモフィラさんに向いていた敵意が僕に向いたことで、ヒイラギはいつの間にか青い髪から手を放していた。

代わりに砂騎士を呼び出した時に使った〝箱〟を構えて、今にでも襲いかかって来そうな気配を放っている。

あの箱の中に魔獣を飼っていて、好きな時に呼び出せる能力ってことだよな。

これ以上厄介な魔獣を出されて家を壊されたらたまったものではない。

「ちょうどいい。継承戦の前に俺の力をネモフィラに見せてやるよ。今すぐ棄権しねえとこうなるってことを、この庶民を痛めつけて教えてやる」

「ちょ、ですから、ここで暴れられると色々と問題が……」

というこちらの言葉は耳に届いていないようで、ヒイラギは箱を構えながら声を張り上げた。

「【顕現】……！」

刹那――

「止まりなさい」

「――っ⁉」

いつの間に、だろうか。

室内にはもう一人の人物がいて、ヒイラギを牽制するように後ろから杖を構えていた。

黒いローブと黒い三角帽子を被った黒髪の少女――

「コ、コスモス……？」

コスモス・エトワール。

開けっ放しになっていた玄関から静かに入って来ていたらしい。

それですぐに事情を察して助けに割り込んでくれたみたいだ。

「あんた、ここで何してるのかしら？　ここはヤンチャなお子様が来る場所じゃないわよ」

「てめえこそ、誰に杖を向けてるかわかってんのかチビ助」

ヒイラギは後目《しりめ》にコスモスを睨《にら》みつけて、両者の間に視線の火花が散る。

コスモスが来てくれて助かったけれど、いまだに状況はよくなっていない。

むしろ悪化していないだろうか？

この二人は会わせてはいけない組み合わせのような気が……

「痛い目見る前にさっさとお家《うち》に帰ることね。今なら特別に見逃してあげるから」

「乳臭えガキが調子に乗ってんじゃねえぞ。救世主気取りか何か知らねえが、てめえが俺に勝てるわけねえだろうが」

その一言に、コスモスの眉がピクリと反応する。

あっ、やばい……と思ったのも束の間、コスモスが耳を疑う言葉を唱え始めた。

「キラキラの笑顔……」

「わあっ！　待て待て待てっ！　ここでそれはまずいって……！」

星屑師《ほしくずし》の規格外スキル【詠唱】。

使用者の魔力値を四倍近くも上昇させるとんでもない能力となっている。

その力によってコスモスは、石ころほどの大きさしかない流星魔法を、超特大の岩石に変えて射出することができるのだ。

ここでそんな魔法を使ったとしたら、育て屋どころかこの住宅区が大惨事に……

「なんで止めるのよ。修理代なら私が払ってあげるから」

「そういう問題じゃなくて、ここでコスモスが魔法使ったらこの場にいる全員が死ぬかもしれないだろ」

「安心しなさい。これでも魔法の扱いにはそれなりに慣れてきたから、そこのガキンチョ一人を狙ってぶっ飛ばすくらい朝飯前よ」

なんて恐ろしいことを言うコスモスを暴れさせないように前に出る。

同じくいまだに好戦的な姿勢を見せるヒイラギを見ながら、僕は説得するように言った。

「とにかく、暴力は無しにしましょう。それにネモフィラさんを棄権させに来たって言ってましたけど、ネモフィラさんには継承戦に参加してもらって、そこで戦った方が力を示すことができるんじゃないんですか？」

話を逸らすように今さらながらのことを言ってみると、ヒイラギは呆れたようにため息を吐《つ》いた。

「話聞いてなかったのかてめえ？　こんな雑魚を痛めつけたところで他の連中は鼻で笑うだけだっつーの。むしろ継承戦に出てこられた事実がある方が俺にとっては不利益になる。継承戦に勝てば王にはなれるが、その過程がショボかったら誰も俺の実力を認めねえだろうが」

「ですけど、もしネモフィラさんが棄権したら、継承戦参加者は合計で四人になるじゃないですか。勝ち抜き戦ってことを考えると、一回戦と二回戦を免除されてる第一王女様が、ヒイラギ様の初戦相手になっちゃうんじゃないですか？」

「……」

僕が思っていたことを話すと、ヒイラギは少年のような顔をぽかんとさせて固まった。

第一王女のクレマチス様は、王位継承順位が第一位ということもあって最終戦のみの参加となっている。

そうすれば残りが四人になるので、上手く勝ち抜き戦の形式を作ることができるのだ。『クロッカス対ニゲラ』『ヒイラギ対ネモフィラ』といった具合いに。

しかしネモフィラさんが棄権するとなると話が変わってくる。

「ネモフィラさんが抜けた分、ヒイラギ様が不戦勝になるかもしれません。ですけどもしかしたら、そこにクレマチス様を入れて改めて勝ち抜き戦をやることになるんじゃないでしょうか？」

ていうかそっちの方が勝ち抜き戦としては綺麗だろう。

何よりたった二回の戦いで王様を決定することができるようになるから。

ということが今さらながらわかったのか、ヒイラギは動揺したように目を泳がせていた。

「しょ、初戦から、クレマチスの姉貴か……」

さすがにこのヒイラギでも、いきなり王位継承権第一位のクレマチス様が初戦相手となると困惑するらしい。

クレマチス様は僕も話を聞くほどの人物で、次期国王候補というだけでなく数々の武勇伝が語られるほどの武人だから。

そんな相手と初戦から戦うことになるのは望むところではないだろう。

下手したら大勢の上流階級の人間たちの前で、醜態を晒すことになるかもしれないし。

たぶん早く負け過ぎたら王位継承順位も低くなってしまうだろうから。

「そうなる可能性がある以上、ネモフィラさんに棄権されては逆に困ることになると思いますけど」

そう言うと、ヒイラギは思い悩むように唇を噛み締めた。

僕はそこにさらに追撃を加えるように続ける。

「それに、継承戦でネモフィラさんと戦うことになっても、〝面白い決闘〟になると思いますよ」

「はっ？　どういう意味だ？」

まあ、面白い決闘と言うと語弊があるか。

とにかくヒイラギの不利益にはならないはずだと言っておこう。

今のネモフィラさんが弱過ぎて、参加されると困ると言うのなら……

「僕がネモフィラさんを、継承戦までに強くしてみせます」

「はっ？」

「ヒイラギ様の強さを証明できるくらい強く……ヒイラギ様の対戦相手に相応しくなるように強くしてみせます」

ヒイラギだけでなく、当人のネモフィラさんとミンティまで惚《ほう》けた顔で固まった。

この王子様が来るまで、ネモフィラさんの成長の乏しさに頭を抱えていたというのに。

いったいどんな根拠があってそんなことを、と二人は思っているに違いない。

ヒイラギに至っては育て屋のことも知らないと思うので、ぽかんとしているのも当然だ。

「僕はこの町で、主に駆け出し冒険者の支援をしてる『育て屋』です。他人の成長を手助けすることを得意としていて、継承戦に向けてネモフィラさんから成長の手助けを依頼されました」

簡潔にそう説明すると、僕は立て続けに提案した。

「継承戦当日まで残り一ヶ月半。その間に必ずネモフィラさんのことを強くしてみせますから、棄権の話は収めてくれませんか？」

「……」

ヒイラギは細めた目で僕たちを順に見ていく。

最後に地べたに座り込むネモフィラさんを、嘲《あざけ》るように見下ろすと、乾いた笑い声を漏らした。

「ハッ！　この軟弱な愚図女が、今から一ヶ月と少しで俺といい勝負ができるようになるとは思えねえな」

と、言いつつも……

「だがまあ、ここはてめえの言葉を信じて退《ひ》いといてやるよ。もしてめえの言う通りになれば、ネモフィラが相手でも充分に力を示せるはずだからな」

ヒイラギは僕の提案を受け入れて、手に持っていた箱を懐に収めてくれた。

この場を包んでいた緊張感がなくなり、僕は密かに安堵の息を吐く。

「ただ、継承戦に出るつもりなら覚悟しておけよ。この継承戦は他の連中に力を示すための場にもなる。それが今後の統制力にも直結するんだからよ、加減なんか考えずに全力でてめえを叩き潰すからな」

「……」

ネモフィラさんにそう言うと、ヒイラギは扉の方に歩いて行った。

僅かに開いていたそれを、蹴飛ばすように開け放つと、そのまま従者を連れて立ち去ろうとする。

だが、最後に奴は僕の方を振り返って、威圧感のある声で言い残した。

「それと育て屋」

「……は、はい？」

「もしてめえが失敗して、そこのデカブツが愚図のまま継承戦に参加しやがったら、ネモフィラ共々この育て屋をぶっ潰してやるからな」

なんとも恐ろしい台詞を残して、ヒイラギは去っていった。

育て屋を潰す。まあ、王様になればそれくらいのことは容易《たやす》いだろう。

もちろん僕も、そんなの承知の上で言い切ったし。

でも残念ながら、僕が失敗することはまずないと〝断言できる〟。

「ふぅ……」

とりあえず、あの暴力王子様を追い払えて何よりだ。

奴が身を引いてくれたのは、僕のことを信じてくれたからというわけではないだろう。

一回戦目から第一王女とぶつかることになるかもしれない、ということが改めてわかったからだな。

ていうかそんなこと普通に考えればわかるものだと思うけど。

ようやくのことで危機が去ると、ミンティがハッとした様子でネモフィラさんのところに駆け寄った。

「お嬢様！　ご無事ですか⁉」

「うん、大丈夫。怪我とかは、してないから」

「も、申し訳ございません。わたくしは、何もできずに……」

申し訳なさそうに項垂れるミンティを見て、僕も同じく頭を下げた。

「僕からも、申し訳ございません。王子様が手を出す前に、止めるべきだったんですけど……」

「いいよ、別に。こんなの、ただの兄妹喧嘩だし。下手に手を出したら、みんなが兄様に何かされてたと思うから」

立ち上がったネモフィラさんは、服を叩いて埃を払うと、どことなく弱々しい表情で僕に尋ねてきた。

「それよりも、あんなこと言って、よかったの？」

「えっ？」

「私を、強くするって」

次いで家の中を眺めて、申し訳なさそうに続ける。

「できなかったら、この育て屋潰されちゃうって」

「……みたいですね」

あと一ヶ月半でネモフィラさんを強くできなければ、この育て屋が潰されてしまうかもしれない。

それは確かに恐ろしいけれど……

「まあたぶん、それは大丈夫だと思いますよ」

「だい、じょうぶ？」

「確かにあの王子様は強敵で、ネモフィラさんも行き詰まってる状況ではあります。あと一ヶ月半であんな人物と同じくらい強くなるっていうのは、相当大変だと思いますけど……」

僕はネモフィラさんの〝頭上〟に目を移して、静かに微笑んだ。

「逆に、あの王子様のおかげで、大きな光明が見えましたから」

「……どういうこと？」

光明。

今回あの王子様は、この場所に来るべきではなかった。

自らのその過ちのせいで、とんでもない怪物を生み出す兆しになってしまったかもしれないのだから。

あと僕は、ネモフィラさんに対して〝謝らなければならない〟かもしれない。

「…………で、これはいったいどういう状況なのよ？」

そんなやり取りを傍らで静かに見守っていたコスモスが、タイミングを見計らったようにそう声を上げた。

状況を掴めていなかったコスモスに、僕は助けてくれたお礼を言いながら急いで状況の説明をしたのだった。

第三章　姫君への不敬

「おぉ、やっぱり大きいなぁ」

王都チェルノーゼム。

コンポスト王国の東部地区に位置する町。

現国王が住む王城を構えるこの町は、周囲を高い城壁で囲まれている城塞都市だ。

国一番の発展した都であり、住人の数も他の町とは桁違いに多くなっている。

駆け出し冒険者の町ヒューマスから、意外と遠い場所ではなく、馬車を乗り継いで四日ほどで到着できた。

隣町のパーライトまで一日。そこからさらに馬車を乗り継いで三日。

ネモフィラさんとミンティの二人と共に、改めて大都会の風景を目の当たりにして、僕は感嘆の息をこぼした。

「〝大きい〟って、私のこと？」

「あっ、いや、そういうことではなく、久々に王都を見て感動しただけで……」

恐ろしい勘違いをしたネモフィラさんに、僕は急いでかぶりを振る。

王女様にそんな無礼なことを言うはずがない。

確かにネモフィラさんも大きいけれど。

というか、最初に会った時と比べて、随分と背中が逞しくなったように見える。

いや、見えるというより、それは紛れもない〝事実〟なんだけど。

「確かロゼ様は、以前にもチェルノーゼムにお越しになったことがあると。どのようなご用件でこの王都に？」

「まあ、その、色々と野暮用で……」

勇者パーティー時代に訪れたとは言えない。

僕の正体については二人に知られたくないので、ここはぼかしておくことにした。

王城を見たいと言い出した勇者ダリアに、半ば強引に連れて来られただけだし。

しかし今回は違う。

僕たちはしっかりとした目的を持ってこの王都までやって来たのだ。

「それでは王城へ向かいましょうか。継承戦も明日に迫っておりますので」

次期国王の継承権をかけた決闘が、いよいよ明日、この王都の王城にて行われる。

それに参加するネモフィラさんを見届けるためというわけだ。

あれからおよそ一ヶ月の修行を終えて、僕たちは今ここにいる。

「ロゼ様、わざわざついて来てくださってありがとうございます」

「いいよ、これも依頼の範疇だし」

改めてミンティに頭を下げられて、僕はぶんぶんとかぶりを振る。

「僕が受けた依頼は、王様になれるくらい強くしてほしいってことだから、それをちゃんと達成できたかどうか育て屋として確認しようと思って」

僅《わず》かばかり言い訳がましくそう言うと、前を歩いていたネモフィラさんが不意に振り返った。

そして心なしか、色のなかった表情に悪戯《いたずら》っぽい笑みを浮かべて言う。

「心配してくれて、ありがとね」

「……」

心配。

正直その気持ちがないわけではない。

ネモフィラさんが相手にするのは、王族の血を引く兄弟たちだ。

何よりネモフィラさんは兄弟の中で弱い立場となっている。

ヒイラギとのやり取りを思い出してみても、あの兄を苦手にしているのは痛いほどわかるし。

心配というか不安に思っても当然ではないか。

「まあ、僕がついて行けるのはここまでですけどね」

王城の門の前まで辿り着くと、僕はそこで立ち止まって二人を見送ることにした。

城内への立ち入りは上流階級にのみ許されている。

そしてネモフィラさんは城内にて立場が弱いため、客人として僕を招き入れることもできないとのことだ。

というわけで僕は王都の中で待つことになる。

育て屋を空けてまで来るべきだったのかは、一考の余地があるけれど、いつも暇だし大丈夫だろう。

ローズとコスモスにも王都に出かけることは伝えてあるし。

「継承戦が終わりましたら、一番最初にご報告に伺いたいと思います」

「はい、よろしくお願いします」

それを聞くためだけに僕は、ここまでついて来たのだから。

というわけでネモフィラさんとミンティを見送って、王都の観光にでも行こうとすると……

「あれっ？　ネモフィラ？」

「……？」

不意にどこからかネモフィラさんを呼ぶ声が聞こえてきた。

それは僕の後ろから発せられたものだった。

振り返ってみると、そこには紫色の長髪を靡《なび》かせる、ネモフィラさんに迫るほどの長身の女性が立っていた。

「クレマチス姉様」

「ね、姉様？」

ネモフィラさんのその反応を見て、僕は改めて紫髪のお姉さんを見据える。

この人が噂に聞く武人、クレマチス様か。

現在最も王様に近い第一王女様で、ネモフィラさんの実の姉。

まさか城門の前でばったり出会えるとは思わなかった。

従者を連れておらず、身軽なドレス姿で出歩いているところを見ると、今はプライベートで散歩でもしている最中だろうか。

そう驚くと同時に、僕はあのヒイラギとのやり取りを思い出して身構えてしまう。

この人ももしかしたら、ネモフィラさんに対して心ない接触をしてくるかもしれない。

だが……

「おかえりネモフィラ！　まったく、何も言わずに飛び出していくものだから心配したぞ！」

「……あれっ？」

僕の予想に反して、クレマチス様は親しい様子でネモフィラさんに接してきた。

それに対してネモフィラさんも、ヒイラギに抱いていたような恐怖心や敵対心は無さそうに柔らかい表情をしている。

てっきりヒイラギがやって来た時と同じような、不穏な雰囲気になるかと思ったんだけど……

兄弟全員と仲が悪いわけでもないのかな？

「継承戦に向けて修行の旅に出たと聞いていたが、何も言わずに飛び出していくなんて水臭いじゃないか。少しは私にも相談してくれてよかったんだぞ」

「ごめん、なさい」

クレマチス様は男勝りな台詞《せりふ》と仕草で、ネモフィラさんの肩を親しげに叩いている。

なんか、ものすごくいい人そうである。

これが本当に、あのヒイラギと同じネモフィラさんのご兄弟？　次期国王の座に最も近い、継承順位第一位のクレマチス・アミックス様？

この人に頼めば、エルフ族のこととかなんとかしてくれそうじゃないかな？

見た感じすごく強そうだし、ネモフィラさんが無理に王様を目指さなくても、この人が王様になってくれたら色々とよくしてくれそうだけど……

「……っ⁉」

そう思ったのも束の間、僕はクレマチス様を見て違和感を覚える。

もしかしてこの人……

「いい目をした従者だな」

「えっ……」

「見たところ、私の〝秘密〟に気付いたのではないか？　それとも、ネモフィラから事前に聞かされていたか？」

ネモフィラさんから聞かされていた、ということについてはよくわからないけれど。

僕が気付いたっていうことに気付いた方がすごいと思う。

やっぱりこの人、只者じゃない。

だからこそ、この人から受けた違和感が信じられなかった。

「クレマチス姉様、〝あのこと〟は誰にも言ってない。姉様が、絶対に言うなって言ったから」

「ハハッ！　別にネモフィラのことを疑ったわけではないよ！　ただこの従者があまりにも早く見抜いてきたので、ついそう思ってしまっただけだ。ずっと黙っていてくれてありがとう、ネモフィラ」

クレマチス様とネモフィラさんのそのやり取りの意味は、正直よくわからなかった。

だからそこには下手に言及せず、ひとまず一つだけ訂正しておくことにした。

「僕はネモフィラさんの従者ではなく、一時的に協力させていただいている冒険者です」

「なんだ、そうなのか。てっきり使用人のミンティの他に、もう一人従者を得たのかと思ったぞ。ということはネモフィラは、修行に関して君に頼ったというわけか」

鋭い人だな。

一時的に協力している、と言っただけで僕たちの関係を見抜いてくるなんて。

「継承戦まで見ては行かないのか？」

「はい。従者でもない僕では、王城に立ち入ることができませんから」

「見ていけばいいではないか。なんだったら私が都合をつけよう」

「えっ……」

「それに君とは後で、色々と話をしたいと思ったからな」

第一王女様に都合をつけてもらう？

そんなに簡単に決めてしまっていいのだろうか？

それに、僕と話したいことってなんだろう？

「ま、私との話はともかく、とりあえずネモフィラの応援だけでもしていくといいさ。私の客人として客室に招いてやるから」

「で、でも、第一王女様にそこまでしてもらうなんて……」

ネモフィラさんの継承戦は確かに気になるし、直接見届けたいとは思うけど。

クレマチス様にそこまでしてもらうのは悪いからなぁ、と思って遠慮しようとすると、不意にネモフィラさんが僕の手を取って引っ張ってきた。

「近くで見てよ、ロゼ」

「……」

「絶対に勝つ、なんてかっこよくは言えない。けど、ミンティのために、エルフのために、ロゼのために、わたし頑張るから」

ヒイラギに怯えていた、あの臆病なお姫様の面影はすでにない。

自信に溢《あふ》れた顔でこちらの手を引いてきて、僕は我知らず、その頼もしい背中を追いかけていた。

◇

王を目指す理由を簡潔に述べよ。

そう問われた自分は、おそらくこう答えるだろう。

『もっと大きな箱庭が欲しいから』

自分の天職は『箱庭師』だ。

使役魔法の一つである【箱庭《エデン》】によって小さな箱を呼び出し、その中に服従させた魔獣を閉じ込めて使役することができる。

魔獣を服従させるには少しばかり複雑な条件があるけれど、単独で倒せる魔獣ならば大抵服従が可能になっている。

そうして自分は小さな箱庭に魔獣を収め続けて、少しずつ自分の庭を充実させていった。

しかしながらそれにも限界があった。

箱庭には〝飼育限界〟というものがあり、収められる魔獣の体数が決まっていた。

その数、十体。

『……少ねえな』

魔獣を服従させる力は我ながら気に入っていたが、箱庭の大きさにはどうしても不満があった。

『箱庭師』としての天職のレベルが20を超えた段階で、【園丁】という〝箱庭改造〟のスキルを取得はできた。

しかしそれによって箱庭を拡大したとしても、収められる魔獣の数は十五体になっただけだった。

『もっと多くのしもべを……！　忠実な配下を……！　俺のためだけの世界を……！』

魔獣を使役する中で芽生えた、圧倒的な支配欲。

その欲を満たすためにはもっと大きな箱庭が必要になる。

自分が手中に収めるのはこんな小さな箱だけでいいはずがない。

もっと広い庭を。多くのしもべを。自分のための世界を。

そう願い続ける中で、一筋の光が差し込んだ。

『王位継承権をかけた決闘を執り行う』

王位を継ぐのは、継承順位第一位の第一王女クレマチスだと思っていた。

しかし兄のクロッカスがそれに異議を唱えたことで、急遽《きゅうきょ》公平な決闘によって王を決めることになった。

その一報に、神は本当にいるのではないかと思わされてしまった。

自分の世界を手に入れるための、またとない絶好の機会。

この国の王になって、コンポスト王国という大きな箱庭を手に入れる。

こんな小《ち》っぽけな小物入れみたいな箱庭ではなく、もっと広い世界を手中に収める。

『この箱庭の王は俺だ……！』

もっと大きな箱庭を手にするために、王を目指すことにした。

そして継承戦当日。

王城の中庭には、多くの人間たちが集まっていた。

誰もが上等な衣服に身を包み、城の二階部分のベランダから中庭を見下ろしている。

全員、今回の継承戦を見物に来た上流階級の人間たちだ。

継承戦は彼らの見物のもと、合計で三日間に渡って執り行われる。

「此度《こたび》の王位継承戦の見届けに来てくれて感謝する。継承戦は発案者であるこの私、カプシーヌが仕切らせてもらう」

国王の挨拶を受けて、中庭に集まっている者たちが一斉に手を叩いた。

日程としては、まず一日目に継承者四人による勝ち抜き戦の第一回戦が開かれる。

そして二日目に、第一回戦に勝った二人による第二回戦が執り行われる。

最後の三日目に、継承順位第一位のクレマチスと勝ち抜き戦の勝者が最終戦を行って、最終的な継承順位が確定するという流れだ。

「では、まず初めに第二王子のヒイラギと、第三王女のネモフィラによる決闘を執り行う。両者は中庭の中央へ」

衆人環視の中、ヒイラギは王になるための一歩を踏み出すように中庭の中央へと行く。

対する相手は、青色の髪を目元まで伸ばしている、図体がでかいだけの無愛想な女。

妹のネモフィラ・アミックスだ。

「ルールはすでに承知していると思うが、改めて確認させてもらう。決闘方式は代表者二人による模擬戦。武器道具の使用はあり。勝敗はどちらか一方が敗北を認めるか、審判であるこの私が続行不可能だと判断した場合に決するものとする」

次いでカプシーヌは、中庭の全体を指し示すように大手を広げて続けた。

「また、この中庭から出た場合や、相手を死に至らしめた場合もその者を敗北と見做《みな》す。参加したその時点で、それらすべてを了解したものとして継承戦を執り行うこととする」

その台詞が終わると同時に、ヒイラギは再び周囲に目を移した。

不測の事態に備えて、この場には優秀な宮廷治癒師たちが勢揃いしている。

参加者が深傷《ふかで》を負ってもすぐに駆けつけて、いつでも最高峰の治癒を受けられる状態だ。

これならちょっとやそっとのことでは死にはしないだろう。

たとえ腕の一本が千切れても、現物さえあれば引っつけることだってできるに違いない。

「いきなりあの『箱庭師』の力を見ることができるのか」

「世界唯一の魔獣使いの力、直にこの目で見ることができるなんて……！」

「だが、相手はあの第三王女だぞ？　まともな決闘になればいいが……」

周囲から聞こえてくる嘲笑に、こちらも釣られて笑みをこぼしてしまう。

周りに治癒師はいるけれど、それは自分のためではなく向こうのために用意されたものだと言ってもいい。

この戦いで自分が治癒師の世話になることはまずないから。

なぜなら相手は、あの軟弱で臆病なネモフィラなのだから。

それよりも考えるべきなのは、この次の相手のことだ。

（クロッカスの兄貴はどう仕掛けてくるかな……）

明日の二回戦、ほぼ確実に兄のクロッカスが勝ち上がってくるに違いない。

クロッカスは天職が強力なのはもちろんだが、兄弟の中で一番の策士だ。

汚い奴と言い換えることもできる。

正面から戦闘をした場合、勝てる可能性は五分五分といったところだが、その確率を少しでも自らの方に傾けるために何らかの策を弄してくるはずだ。

城の二階部分にあるベランダを一瞥《いちべつ》して、そこにクロッカスの姿を確認する。

不意に目が合い、奴が不気味に微笑んだ気がした。

次の対戦相手のことを考えているのは、自分だけではなかったようだ。

「……ま、好きなだけ見てけよ」

どうせこの試合では奥の手までは出さない。

どころかたった一体の魔獣だけで勝負がついてしまうのではないだろうか。

奴にいくら観察されたところで、こちらが困ることは何一つない。

ヒイラギはそう思いながら、改めて目の前の対戦相手を見据えた。

自分の踏み台となる対戦相手を。

「ちったぁマシになったんだろうな、ネモフィラ？」

「……」

ネモフィラは顔色一つ変えない。

こちらの問いかけに応じることもない。

ただ静かに、ジトッとした目でこちらを見つめてくるだけだった。

「棄権して逃げ出さなかったのは褒めてやるが、本当にてめえ強くなったのか？　城で俺とすれ違う度にビクビク震えてた、あの時の臆病者と何も変わってねえように見えるけどな」

ネモフィラは、そんな挑発にも反応を示さない。人形のように佇んでいるだけだった。

前はからかう度に怯えた様子を見せていたけれど、あれから一ヶ月半を経て心境に変化があったらしい。

こちらとしては、完全にからかい甲斐がなくなってしまってつまらないが。

（……んっ？）

ヒイラギは目の前に立つネモフィラを見て、改めて違和感を覚える。

これから王位継承権をかけた決闘を、自分と執り行うはず。

だというのに、彼女は持っているべきはずの〝物〟を、何一つ持っていなかった。

「てめえ、丸腰で俺とやるつもりか？」

「……」

「剣も槍も持たねえで、どうやって俺と戦うっていうんだよ？　それと、あのお守りみてえに大事にしてたでけぇ盾も、どこかに忘れでもしてきたのか？」

継承戦のルールとして、武器道具の持ち込みはあり。

そしてネモフィラの天職は魔法を使って攻撃するタイプではない。

そうなると必然的に武器や道具に頼ることになるはずだが、ネモフィラは身軽そうなドレスを着ているだけだった。

「剣は、いらない。それとあの盾は、ミンティにもらった大切な物だから、今は部屋に飾ってる」

「……バカにしてんのかてめえ」

どうやら本気で、丸腰で自分と戦うつもりらしい。

いったい何を考えているのか定かではないが、そちらがその気なら別に構わない。

準備不足で後悔することになるのは向こうの方なのだから。

「ま、なんでもいいけどよ。いざ戦いが始まって怯えちまうような寒い展開だけは勘弁しろよな。それと、もしつまらねえ模擬戦にしやがったら……」

ヒイラギは懐から小さな箱を取り出し、それを構えながら言い放った。

「言った通り、てめえとあの育て屋とかいうボロ屋も、容赦なく叩き潰してやるからな」

これは上流階級の連中に力を示すための貴重な空間。

丸腰でもなんでもいいが、貴重な機会を台無しにされるのだけは容認できなかった。

脅しを掛けるようにそう言うと、そこでようやくネモフィラも動き出す。

何も持っていないため、彼女は空っぽの左手を広げてそれを正面に構えた。

両者の準備が整ったことを確認したカプシーヌが、中庭に響き渡る声で叫ぶ。

「それでは……始めっ！」

王位継承戦一回戦、第一試合。

ヒイラギ対ネモフィラの戦いが、今始まった。

瞬間、ヒイラギが始動する。

「【顕現《コール》】――【砂鎧《グリッドマン》】！」

箱の中から砂でできた甲冑騎士が飛び出してくる。

使役している魔獣の一体を取り出すと、周囲から感嘆の声が上がった。

「あれが『箱庭師』の使役魔獣！」

「ハハッ！　これを見られただけでも来た甲斐があった！」

そう観客が喜んでいるのを耳にしながら、ヒイラギは笑い声を響かせる。

「てめえなんかこいつ一体で充分だ！」

主人のその声に感応して、砂の鎧がネモフィラに襲いかかった。

砂の鎧に包まれた体で、全力で体当たりをする。

砂鎧の重量は、馬車一台分と変わりはない。

そんな魔獣に凄《すさ》まじい勢いで接触されたら、大怪我は必至だ。

ただでさえネモフィラは、いつもの盾も防具も持っておらず、レベルだってろくに育っていないはずだから。

（病弱で臆病者なくせに、何の準備もせずにやって来たことを後悔しやがれ……！）

この一撃で勝負が決まる。

そう、思ったのだが……

「【障壁《プロテクション》】」

ネモフィラは、左手を構えたまま静かに唱えた。

瞬間、彼女の周りに〝半透明の膜〟のようなものが展開される。

その直後、砂鎧の肉体が半透明の障壁と激しく衝突し、凄まじい衝撃を辺りに四散させた。

「……はっ？」

砂鎧は全力でネモフィラに向かって突撃したはずだが……

ネモフィラは、その場から一歩も動くことなく、障壁によって砂鎧を止めていた。

予想外の光景にヒイラギは絶句する。

あれは、『姫騎士』の天職が使える『障壁魔法』だ。

対象者に魔力の障壁を纏《まと》わせて、あらゆる害意から身を守る防壁の魔法。

確かにあれなら盾や防具を使わずとも、魔獣の攻撃を防ぐことができるかもしれないが……

（ど、どうなってやがる……？　俺の記憶違いじゃなけりゃ、あの障壁の〝耐久性〟は使用者の〝頑強値〟によって決まるはずじゃ……）

病弱なあまり、幼い頃から親族に期待されず、ろくに魔獣討伐をしてこなかった臆病者のネモフィラ。

天職のレベルはずっと〝1〟のままで、障壁魔法もまったく使い物にならない代物だった。

それなのにどうして【砂鎧】の突進を、微動だにせず受け止めることができたのだ？

常人なら今の一撃で中庭の場外まで吹き飛び、重傷を負っていなければおかしい。

その一撃をあのネモフィラごときに止められるはずがない。

そう訝《いぶか》しんだヒイラギは、細めた目でネモフィラを睨《にら》みつけた。

（何か種があるな……）

「『箱庭師』の魔獣の攻撃を、凌《しの》いだのか……？」

「話に聞いていた王女と、だいぶ違うようだが……」

こちらの攻撃を防いだことで、観客たちもネモフィラに違和感を覚えたようだった。

同時に、彼らの視線が徐々に彼女に集まっていく。

まずいと思ったヒイラギは、すぐにその空気を断ち切るために言った。

「ハッ！　この一ヶ月半で少しは戦えるようになったみてえだな。だが、たった一度攻撃を凌いだくらいで図に乗るんじゃねえ」

直後、彼は再び箱を構える。

砂鎧はあくまで小手調べの魔獣。本番はここからだ。

「【顕現】――【目熊《ベアクロプス》】――【雷鴉《フードルフルー》】！」

今度は一つ目玉の大熊と、雷を宿すカラスが箱から飛び出した。

『箱庭師』が一度に顕現させられる魔獣は、合計で三体。

ヒイラギは砂鎧に加えて、さらに強力な魔獣を戦場に追加した。

「あれは、討伐難易度が一級の魔獣たちだぞ！」

「あんな魔獣たちまで使役していたのか⁉」

周りの歓声の通り、今出した魔獣たちは討伐推奨階級が一級の怪物たちだ。

当然捕らえるのに相当苦労した魔獣であり、ここぞという時にしか呼び出さないようにしている。

そして今、いったいどんな手品を使って砂鎧の初撃を防いだのか、それを暴き出すためにこの二体を顕現させた。

「行け！　ネモフィラを攻撃しろ！」

少々過剰のようにも思えたが、周囲の関心がネモフィラに移りつつもあったので、こうするのが一番だと思った。

事実、二階から継承戦を見守っている多くの貴族たちは、ヒイラギの呼び出した魔獣に舌を巻いている。

三体の魔獣が、一斉にネモフィラに飛びかかっていき、観客たちは大いに盛り上がる。

だが……

「……」

ネモフィラに、その魔獣たちの攻撃が届くことはなかった。

ヒイラギが呼び出した自慢の魔獣たちの攻撃は、すべて障壁によって防がれていた。

一つ目玉の大熊が、丸太のような腕を振って殴っても、魔力の障壁にはヒビ一つ入らない。

雷鴉が空から雷を降り注いでも、すべて障壁魔法によって阻まれる。

才能が乏しいという噂が流れていた第三王女が、討伐推奨一級の魔獣たちの猛攻を、涼しい顔で棒立ちしながらすべて無効化している。

その凄まじい光景に、周囲の観客たちは呆然としていた。

同様にヒイラギも唖然《あぜん》とする。

(あ、あれが本当に、あのネモフィラなのか？　【目熊】と【雷鴉】の攻撃がまるで効いてねえ……)

砂鎧の攻撃だけならまだしも、この二体は一級冒険者が相手にするほどの魔獣だ。

いよいよ何らかの種があると、ヒイラギはこの瞬間に確信した。

(障壁の耐久性はネモフィラ自身の頑強値によって変わる。だがそれ以外の方法でも、障壁魔法の効果を底上げすることは可能だ。丸腰かと思ったが、そうじゃねえみてえだな)

ヒイラギは一つの結論に辿り着く。

おそらく何らかの〝魔法道具〟を懐にでも隠しているのだろう。

職人関係の天職持ちが手掛けた至極の一品ならば、特殊な〝魔法効果〟によって障壁魔法の効果を底上げすることもできるに違いない。

……いや、そうでなければもはやおかしいのだ！

「ハハッ！　道具に救われたなネモフィラ！　一ヶ月半で考えたにしてはなかなか面白い作戦じゃねえか！」

魔法道具に助けられていると決めつけたヒイラギは、執拗にネモフィラを非難する。

そして不敵な笑みを浮かべて、鋭い睨みを利かせた。

「だが、そんな抵抗もここまでだ！」

すべてを見抜いたと思い込んだヒイラギは、「【回帰《リグレッション》】」と言って三体の魔獣を箱庭に戻した。

その後、再び力強く箱を構える。

確かにあの障壁魔法は厄介だが、打ち破る術《すべ》はこちらにもある。

それにいくら強固な障壁を張ったとしても、向こうから攻められることがないのなら負けることはまずあり得ない。

これは、自分の全力を示せる、またとない機会とでも捉えることにしよう。

「こいつは俺の特別製だ」

クロッカスの目がある以上、なるべく手の内は晒《さら》したくなかったけれど。

自分こそが、この箱庭の王に相応《ふさわ》しいと周囲にわからせるために、ヒイラギは全力を出すことに決めた。

ヒイラギのその声に反応して、箱の中から新たな魔獣が顕現した。

「【顕現】――【八狼《ネオケルベロス》】！」

それは、八つの頭を持つ、世にも恐ろしい姿をした黒い狼だった。

「な、なんだあの魔獣は⁉」

こちらの狙い通り、周囲が一斉にどよめく。

それも当然で、これはまだ公には出していない魔獣の一体だからだ。

いや、それだけではなく、この中で同種の魔獣を見たことがある者は絶対にいない。

誰も見たことがない未知の種の魔獣。

なぜそんな魔獣をヒイラギが所有していたのかと言うと、それを可能にしたのは彼が持つ特殊な〝スキル〟のおかげだ。

（【八蛇《ヤマタオロチ》】と【獄狼《ケルベロス》】の配合種。これを公に晒せる機会はそうそうねえ）

使役している魔獣が死亡した場合、その魂の一部は『魂片』として箱庭に収納される。

そして二つの魂片を掛け合わせることで、二体の魔獣の特徴を継いだ唯一無二の魔獣を生み出すことができるのだ。

それが『箱庭師』だけに許されている非人道的な特異能力――【配合】。

この配合によって生み出した魔獣は、強力すぎるゆえか別の魔獣との並列顕現ができない。

だからヒイラギは一度呼び出した三体の魔獣を引っ込めて、改めて【八狼】を呼び出したのだ。

そこからさらに……

「【魔装《コンバージョン》】！」

ヒイラギがそう叫ぶと、八つの頭を持つ黒狼は遠吠えをして光を放った。

瞬間、光の塊となった黒狼はヒイラギの手元に向かい、そこで徐々に形を変えていく。

やがてヒイラギの手元に、〝真っ黒な長剣〟が現れた。

使役魔法の最終奥義——【魔装】。

使役している魔獣を己の〝武器〟として変換することができる。

それによって装備者のヒイラギの肉体には、その魔獣のスキルや身体能力が宿るようになっている。

八狼の剣を構える彼の全身からは、凄まじい気迫が迸《ほとばし》り、周囲の観客たちが小さな悲鳴すら上げていた。

「一撃で、終わらせてやるよ……！」

八狼の能力をその身に宿したヒイラギが、不気味な笑みをたたえる。

ネモフィラが展開している障壁を破壊するべく、八狼の黒剣を振り上げて斬りかかった。

「泣き叫べ、ネモフィラッ！」

瞬く間にネモフィラに肉薄すると、振り上げた黒剣を勢いのままに振り下ろした。

——入る！　そう確信した、その瞬間……

目を疑う光景が、ヒイラギの視界に飛び込んでくる。

目の前に佇むネモフィラが、誠に信じがたいことに…………展開していた障壁を解除した。

「――っ⁉」

代わりに彼女は、自身の〝左腕〟を盾のようにして構える。

刹那――


ガンッ！


「…………はっ？」

およそ、人間を斬りつけたとは思えない感触が、ヒイラギの両手に伝わってきた。

彼が全力で振ったはずの、現状において最強の一撃。

それはあろうことか、ネモフィラの生身の〝左腕〟によって、完全に止められていた。

「な……なんだよ……それ…………？」

硬い。ただひたすらに……硬い。

まるでビクともしなかった。

時間が止まってしまったかのように、剣は先に進んでくれない。

これが、障壁魔法で防がれたのだったら、少なくともまだ理解できる。

しかし、こちらの全霊の一撃をせき止めたのは、何の変哲もない女性の細腕だった。

なぜネモフィラは、寸前になって障壁魔法を解いたのだろうか。

「……」

その理由をすぐに察して、ヒイラギは顔を真っ青に染める。

ネモフィラは、圧倒的な実力差をわからせるために、あえて障壁を解除したのだ。

こちらの最強の一撃を防ぐのに、障壁魔法すら必要ないとわからせるために。

魔法道具の力なんか借りておらず、これまでのはすべて自分の力——驚異的なまでの〝頑強値〟によるものだとわからせるために。

事実、ヒイラギは両手に伝わってくる感触に、心の底から絶望した。

樹齢数千年を超える大木を叩いたと錯覚するくらい、こいつはあまりにも……硬すぎる。

「もう、よろしいのではないですか。ヒイラギ兄様」

「……」

あの病弱で、臆病で、自分を見る度に肩を震わせていたネモフィラが……

自分が王になるまでの、ただの踏み台としか考えていなかった愚かな妹が……

憐れむような目で、こちらを見下ろしていた。

「……み、見下してんじゃねえ！」

ヒイラギは絶望感を無理矢理に振り払うように、憤りを迸らせる。

八狼の黒剣を背中まで振りかぶり、憐れみの目を向けてくるネモフィラに斬りかかった。

「う……らあっ！」

ガンッ！　先刻味わった感触が再び手に走る。

ネモフィラはまたも白魚《しらうお》のような細腕で黒剣を防ぎ、その肌には傷の一つも付いていなかった。

（どうして、俺の【魔装】で傷一つ付いてねえんだよ……！）

『箱庭師』の【配合】によって生まれた特別種の魔獣。

その魔獣を武器として変換したことで、ヒイラギの身体能力は桁違いに上昇している。

武器自体も破格の性能を宿しているというのに、ネモフィラはその一撃を細腕一本で受け止めていた。

「ヒイラギ様の攻撃が、効いていない……？」

観客たちも唖然とした様子でそう呟いていて、焦りを覚えたヒイラギは立て続けに剣を振る。

だが、ネモフィラの体には一切の傷が付かず、ヒイラギの汗と裂かれたドレスの切れ端だけが、虚しく宙を舞っていた。

「はぁ……はぁ……はぁ……！」

ひとしきり剣を振ったヒイラギは、やがて激しく息を切らして後ずさる。

無傷のまま無表情で佇むネモフィラを見て、強く奥歯を噛み締めた。

まるで頼りない木の棒切れで、鋼鉄の塊を叩いているような気分だ。

それに、憤りと焦りのせいだろうか……

とてつもなく、息苦しかった。

「降参した方が、いいと思う」

「な……にぃ……!?」

「でないと、ヒイラギ兄様は……〝衰弱〟して死にます」

「――っ⁉」

死ぬ？　衰弱して死ぬ？　いったい誰が死ぬというのだ？

いくら剣を振り続けたところで、疲れ果てて衰弱死してしまうことなんてあり得ない。

こちらを退《ひ》かせるための出まかせに決まっている。

そう、向こうは耐久力は凄まじいけれど、こちらを攻撃する手段がないので〝降参させる〟しか勝つ方法がないのだ。

だからそんな虚言を吐いたのだろう、という考えとは裏腹に、ヒイラギはますます息を切らしていった。

（なん、でだ……？　胸が苦しい……！　体が重い……！　頭もぼんやりとしてきやがる……！）

まるで高熱を出して苦しめられているかのようだ。

やがて堪《たま》らずに地に膝を突くヒイラギに、ネモフィラは説得をするように明かした。

「これが、私のスキル。【判定《ジャッジメント》】――【不敬罪《ネメシス》】」

「ジャッジ……メント？」

「私に〝攻撃をしてきた人〟に、呪いを掛けることができるスキル。兄様はこのスキルの効果で、今は衰弱の呪いに冒されている」

「……」

呪い。

この体を蝕んでいるのは、〝衰弱の呪い〟が原因だったのか。

衰弱効果の呪いは、対象者の肉体を徐々に蝕んでいき、やがて命を奪っていく。

ヒイラギの体は今、その呪いの効果によって緩やかに死に近づいているというわけだ。

(いつの間に、そんなスキルを覚えやがったんだ……！)

向こうから攻撃されることはないと高を括《くく》っていたのに。

まさかこんな厄介なスキルを覚醒させていたなんて。

こちらから攻撃をしたその時点で、発動条件を満たしてしまう呪いのスキル。

そして奴は人外的な耐久力で身を守りながら、相手が衰弱していくのを高みから見下ろすだけ。

『姫騎士』には、触れることすら許されないのだ。

(こんなの、どうやって勝てばいいんだ……！)

偽りのない本音が、心の中でこぼれた。

周りの人間たちも、改めてネモフィラの異質さに気が付いたようで、見るからに戸惑っていた。

目の前にいるのは、もうこちらが知っているネモフィラではない。

どうしてあのネモフィラが……

レベル1のままだったはずの雑魚が……

病弱で臆病だった泣き虫の愚図が……

この一ヶ月と少しで、いったい何があったというのだ……！

「降参……して。そうしたら呪いは解くから」

「ふざ、けんな……！　俺は、こんなところで……！」

ヒイラギが衰弱したあまりか、剣になっていた【八狼】が元の姿に戻った。

直後、光の玉になってヒイラギの箱庭の中に強制帰還させられる。

武器を失くしたヒイラギは、それでも拳を握りしめてネモフィラに殴りかかろうとした。

「ぐっ……あっ……！」

しかし、程なくしてヒイラギは地面に倒れる。

呼吸もままならなくなり、地面で悶《もだ》えながら浅い呼吸を繰り返した。

なんとか視線を持ち上げてネモフィラを睨みつけようとすると……

「――っ⁉」

彼女の後方に、継承戦の見物人たちが見えた。

その観客たちの中に、〝一人の青年〟の姿を見つける。

飾り気のない黒いコートと白いシャツを着た、銀色の髪の青年。

一ヶ月半前に見たばかりの、〝育て屋〟と名乗っていたあの男。

「てめえ、か……！」

薄れ行く意識の中、ヒイラギは育て屋を睨みつけて唇を噛み締める。

自信を持ってネモフィラを強くすると宣言していた、あの男の言葉を思い出しながら、ヒイラギは胸中で叫び声を響かせた。

（てめえがこいつに、何かしやがったのかァ……！）

姫君に不敬を働いた『箱庭師』は、呪いによって意識を失った。

第四章　役割

継承戦、一日目。

第一回戦がすべて終了して、その日は解散となった。

続く第二回戦は明日、同じ王城の中庭にて行われることになっている。

対戦するのは一回戦の勝者であるネモフィラさんと、第一王子のクロッカス様だ。

ヒイラギが意識を失った後、戦闘続行不可能と判断されてネモフィラさんの勝利となった。

その決闘が終わった後、すぐにクロッカス様と第二王女のニゲラ様の決闘が執り行われた。

二人の決闘は凄《すさ》まじいものとなった。

お互いに希少で強力な天職を宿していて、見たことがない能力が次々と飛び出してきた。

ニゲラ様の天職は『絵画使い』。

自らが手掛けた絵に魔力を込めることで、それを具現化させることができる天職だ。

その力を『絵画魔法』と言うらしく、制限はそれなりにあるが汎用性の高い魔法となっている。

ニゲラ様はあらかじめ描いておいた絵を持ち込み、それを総動員させて擬似的な台風や大波、架空の魔獣まで繰り出した。

対するクロッカス様の天職は『触媒師』。

こちらも『絵画使い』同様、希少で強力な天職となっている。

この世にある、生物以外のあらゆるものを〝魔法の触媒〟として変換することができる天職だ。

それこそ道端の雑草から、魔獣の亡骸《なきがら》に至るまで。

その魔法触媒には媒体となったものの特徴を引き継いだ魔法が宿される。

特に魔獣の亡骸を媒体にして作った魔法触媒には、規格外に強力な魔法が宿るらしい。

その代わりに触媒の制限でもある使用回数がかなり限られるみたいだけど。

ちなみに人間の死体でも媒体にすることができて、魔獣の死骸よりも特異的な触媒が作れるという文献が残されているらしいけど、それを実際に行ったかどうかは本人以外に知る由もない。

そんな二人の決闘は下手な劇団の演劇よりも見応えのあるものになっていた。

希少な力のぶつかり合いに見物人の貴族たちも歓声を上げて継承戦を楽しんでいた。

だが、最終的にその戦いは、かなり一方的なものになってしまった。

ニゲラ様の絵画魔法は、クロッカス様の魔法によってすべて打ち消されていた。

単純な引き出しの多さの違い。天職の本領の差。魔法の優劣である。

ネモフィラさんとヒイラギの決闘ほどではないけれど、実力の差が歴然となってニゲラ様は敗北を宣言した。

以上が継承戦一回戦の第二試合の全貌である。

その戦いの影響で中庭は大惨事になっており、これも見越して継承戦の日程を三日間に設定したそうだ。

そんなめちゃくちゃになった中庭から場所を移して、僕は現在クレマチス様が案内してくださった客室にいる。

そこには一回戦を見事に突破して、どことなく嬉しそうにしているネモフィラさんと、彼女の専属使用人であるミンティもいた。

一回戦が終わったらここに集まろうと約束をしていて、現在はミンティが用意してくれたお茶とお菓子を摘みながらプチ祝勝会みたいなものをしている。

「では改めまして、おめでとうございますネモフィラさん」

「うん、ありがと」

いつもは無表情で、感情が読み取りづらいネモフィラさん。

だけど今は頬に微かな笑みが滲《にじ》んでいて、心なしか清々《すがすが》しそうな顔をしている。

苦手にしていた兄のヒイラギを倒せたことで、何かが吹っ切れたらしい。

「ロゼに強くしてもらったから、なんとか勝てたよ。本当は戦う前、すごく怖かったけど」

「あのお兄さんを相手にするのは、確かに恐ろしいですよね。でも僕はあんまり〝心配はしていません〟でしたけどね」

「えっ……？」

「今のネモフィラさんの力があれば、絶対に負けることはないと思っていたので」

ここまで強くなってしまうなんて、僕としてもまったく予想外だった。

あの町には逸材が多いとは思ったけど、まさかネモフィラさんもそのうちの一人だったとは。

王族の生まれなので、当然と言えば当然なのかもしれないけど。

そんな会話をしていると、唐突に部屋の扉が開かれた。

豪快に扉を開けてやって来たのは、この客室の持ち主であるクレマチス様だった。

「やあ、素晴らしい戦いぶりだったぞネモフィラ！」

「……クレマチス姉様」

素直に称賛されたネモフィラさんは、またも嬉しそうに微笑んだ気がした。

クレマチス様はそんなネモフィラさんに歩み寄って、反対にわかりやすく破顔する。

「まさかネモフィラがここまで強くなっているとは思わなかったな！　正直恐怖すら覚えるほどの強さだったよ」

「……恐怖？」

「あぁ、いや！　本当に恐ろしいという意味ではないよ！　『敵として見たら怖いな』と思っただけで、『味方として見たらこの上なく頼りになるな』と言いたかったのだ」

クレマチス様は豪快に笑いながら席につき、焼き菓子を無造作に口に放り込みながら続ける。

「王の血族であることからも、ネモフィラには何らかの才能が宿っているとは思っていた。だが、その本領に辿り着くまでには十年、いや何十年という修練が必要になるはずだとも思っていた。それだというのにたった二ヶ月でここまで成長したのは、本当に驚かされたよ」

クレマチス様の視線が、不意にこちらに向く。

「それもこれも、君の力のおかげなのだろう？」

「い、いや、どうでしょうかね……」

なんだかすべて見透かされているような気分だった。

やっぱりこの人は鋭いな。僕の天職を知っているわけでもないのに。

「ネモフィラの『姫騎士』の天職は、一般的な天職と違って通常の魔獣討伐ではまともに成長ができなかったはずだ」

「やっぱり、ご存知だったんですか」

「あぁ。父様と母様に目を掛けられなかったのは、それも原因の一つだからな。でも君は、見事にネモフィラを強くして継承戦に間に合わせた。いったいどんな〝裏技〟を使ったというんだ？」

「えっと、それは……」

その説明をしようとした、その瞬間――

またしても突然、豪快に扉が開かれた。

豪快にというか、乱暴にという方が正しいか。

けたたましく部屋に入って来たのは、赤い髪の小さな少年……第二王子のヒイラギだった。

「……ヒイラギ兄様」

先刻の戦いで意識を失い、治療室に運び込まれたはずなのだが。

まだ僅《わず》かにふらつきながらも、すでにそれなりに回復している様子である。

自分がネモフィラさんに〝敗北した〟という事実を受け入れることができないあまり、意識を取り戻してすぐにここに駆け込んで来たのではないだろうか。

「認め、ねえぞ……！　俺が、ネモフィラなんかに……！　何か汚ねえ手を使ったに決まってる！」

僕の予想は正しかったようで、ヒイラギは悔しそうに顔をしかめていた。

そしてネモフィラさんを鋭く睨みつけているが、下手に暴れ出したりはしない。

先ほどの決闘でネモフィラさんの実力を痛いほど思い知っただろうし、何よりここはクレマチス様が持つ客室だ。

本人がいるということもあってか、ヒイラギはいつもよりしおらしい。

そのため怒りの矛先をどこに向けようか悩んだのか、その末に選ばれたのは僕だった。

「て、てめえだろ！　てめえがこいつに何かしやがったんだろ！　愚図のネモフィラがここまで強くなってるなんてあり得ねえ！」

「……」

一方的に決めつけられてしまったため、僕はすぐにかぶりを振った。

「僕は何もしていませんよ。ネモフィラさんが頑張ってレベルを上げただけです」

「テキトーなこと言ってんじゃねえ！　こいつは二ヶ月前までレベル1だった！　それをこの短期間で急成長させるなんてできるわけがねえ！　何よりこいつは、魔獣討伐でろくにレベルが上がらない体質だっただろ！」

それなのにどうして……と言いたげな顔で歯を食いしばっている。

ネモフィラさんの体質について知っているのなら、確かに不思議に思って当然だ。

クレマチス様も同様に、ネモフィラさんの急成長には疑問を抱いているみたいだし。

でもそれは、他でもない……

「あなたが教えてくださったんですよ、ヒイラギ様」

「な、なんだと⁉」

「ヒイラギ様が『箱庭師』の力を使って魔獣を呼び出し、ネモフィラさんのことを〝攻撃させた〟ことで、僕はようやく気が付けたんです」

当時のことを思い出しながら、僕は簡潔に述べた。

「ネモフィラさんの『姫騎士』の天職は、魔獣を討伐する代わりに、魔獣から『攻撃を受ける』ことで神素を取得することができる特別な天職だったんです」

「………………はっ？」

天職を成長させるためには、栄養となる『神素』が必要になる。

神素は魔獣を討伐することによって、その成果を見た神様がくれるものだ。

しかしネモフィラさんの場合は、魔獣を討伐してもまったく神素を得ることができなかった。

代わりに……

「攻撃を受けることで、神素を得るだと？」

「はい、そういう体質だと思っていただけたらいいかと」

という説明を受けて、ヒイラギは不機嫌そうに眉を寄せる。

少し省略しすぎた説明だったので、理解し切れていない様子だった。

「天職の成長方法は〝二種類〟あることをご存知ですか？」

「……？」

「基本的に天職は、魔獣を討伐することでしか成長ができません。しかし天職によってはそれ以外の方法で神素を取得することができるんです」

その説明に、ヒイラギは訝《いぶか》しい顔をしたので、そもそもの話からすることにしよう。

「『神素』は魔獣討伐の成果に応じて神様がくれるものです。また、〝特殊な倒し方〟や〝天職に見合った戦い方〟をすることで取得量が変動するようにもなっています」

「『初討伐神素』や『一撃討伐神素』と言われるものだな」

クレマチス様が隣で相槌を打ってくれて、僕は頷きを返してから続ける。

「この〝天職に見合った戦い方〟というものに、ネモフィラさんの晩成の秘密が隠されていたんです」

「……どういう意味だ？」

「天職にはそれぞれ〝役割〟というものがあり、その役割に見合った戦い方をするほど神素をたくさん得られます。例えば〝戦士系〟の場合だったら剣や槍で戦ったり、〝魔法使い系〟の場合は魔法で戦ったりした方が成長が早いんですよ」

あまり知られていない神素の仕組みの一つ……『役割』。

天職にはそれぞれ〝適した戦い方〟というものがあり、それに沿って戦うほど神素をもらいやすくなる。

まあ天職っていうのは、神様が決めて授けてくれたものだから、その通りに戦った方が神様もたくさん褒めてくれるということだ。

「ふむふむ、魔法使いが剣で戦ったりして魔獣を討伐しても、大して神素をもらえないということだな」

「まったくもらえないわけではないですけど、魔法で討伐するよりかは下がってしまいますね」

クレマチス様が納得したように頷く姿を一瞥《いちべつ》して、僕はさらに続ける。

「このように役割によって神素の取得方法にも少しの違いがあります。それでここからが本題です。天職の中には〝非戦闘系〟の役割を与えられたものもありまして、魔獣を討伐しなくても神素を取得することができるんですよ」

「非戦闘系？」

「一番わかりやすいのは『治癒師』ですかね。治癒師の役割は『魔獣に傷付けられた人の治療』なので、魔獣から受けた傷を治療することで神素を得ることができます」

たとえ本人が魔獣を倒さなくても、魔獣によって生じた傷を治療するだけで神素をもらえる。

結果、魔獣を倒さなくてもレベルを上げられるということだ。

「……とは言っても、やっぱりさすがに魔獣を討伐した方が得られる神素量は多いですけどね。だからなのか、あまりこの神素の取得方法は知られてませんし、誰も実践してません」

「……だからなんだってんだよ。その話がネモフィラにどう関係してやがる」

不機嫌そうに構えるヒイラギに、僕は説明を続けた。

「ネモフィラさんの『姫騎士』も、その非戦闘系の役割を与えられた特別な天職ってことです。で、おそらくその役割は、『魔獣から人々を守る』こと」

「魔獣から、人々を守る？」

「そんな役割を与えられている『姫騎士』は、先ほども言った通り、魔獣から攻撃を受けることで神素を取得することができます」

直後、僕はネモフィラさんの秘められた才能に気が付いた時のことを思い出しながら、静かに微笑んだ。

「しかも『姫騎士』の場合は、〝魔獣討伐をした際〟と〝役割を果たした際〟の神素取得の割合が、あまりにも〝極端〟だったんです」

「はっ？」

「ネモフィラさんが〝魔獣討伐をした際〟に得られる神素は、完全に〝ゼロ〟。でもその代わりに、彼女は〝役割を果たした際〟……魔獣から攻撃を受けた場合に限り、〝大量の神素〟を取得することができるんです」

「……」

基本的に非戦闘系の天職の場合、役割を果たした際にもらえる神素は微量。

どうしたって魔獣討伐をした方が成長の効率がよくなる。

でもネモフィラさんの場合はその割合が極端で、魔獣討伐時には神素が得られず、代わりに役割を果たした際に大量の神素を得られるのだ。

だからネモフィラさんは、いくら魔獣討伐をしてもレベルを上げることができなかった。

加えて僕が過剰に守ろうとしてしまったあまりに、ネモフィラさんは『姫騎士』としての役割も果たすことができなかったのだ。

僕がネモフィラさんに謝らなきゃいけないと思ったのはそれが理由である。

「病弱だから、臆病だから、お姫様だから傷付けさせるわけにはいかない。僕はそう思ってネモフィラさんを守りながら魔獣討伐をしてきました。でも本当はその逆で、彼女は自分自身で己の身を守ったり、別の誰かを守らなきゃいけない天職だったんです。それを気付かせてくれたのは、他でもないヒイラギ様なんですよ」

「俺があの時、【砂鎧《クリッドマン》】をけしかけたから……」

ヒイラギは後悔を滲ませるように唇を噛み締める。

あの時、砂の甲冑騎士に攻撃を受けたネモフィラさんは、実はレベルを上昇させていたのだ。

それに気が付いた僕は、一番最初にレベルが上がった時のことも思い出して、一つの可能性に行き着いた。

針兎《ピンラビット》から急襲を受けた時、僕の助太刀が間に合わずにネモフィラさんが攻撃されて、彼女はなんとか針兎を倒してレベル1からレベル2になった。

あの時はたまたま、そのタイミングでレベル2に上昇したのだと思っていたけど、実際は針兎の攻撃を受けたことで大量の神素を獲得していたのだ。

「ふむ、神素の取得方法が特殊というのはわかったよ。でもそれだけではネモフィラが急成長を遂げた説明にはならないだろう？　あくまで成長方法が特殊というだけで、神素の取得量そのものは他の天職と違いはないんじゃないのかい？」

「はい、クレマチス様の仰る通りです。あくまでネモフィラさんは、他の人たちが魔獣討伐によって得られる神素の分を、魔獣から攻撃を受けることで得られるというだけですから」

その返答に、クレマチス様が愉快そうに微笑む。

「ということは、君の力、もしくは何らかの方法を使って神素の取得量を上昇させたってことかな？」

「……ど、どちらも正解です」

やっぱりクレマチス様は鋭いな。

確かに神素の取得方法が特別というだけでは、ここまで急成長ができた説明にはならない。

成長できる方法に気が付けたからといっても、そこがネモフィラさんの開始地点になるだけだから。

急成長の要因は、育成師の応援スキルと、それ以上に効果的だった特殊な修行方法のおかげである。

「前者の〝僕の力〟については、また後ほど。本当に重要なのはもう一つの方で、『姫騎士』にしかできない〝特殊な方法〟で修行をしたんです」

「特殊な方法？」

別にネモフィラさん本人ではないけれど、僕は若干得意げになって答えた。

「『障壁魔法』を用いた修行ですよ」

「障壁魔法？　と言うと、ヒイラギとの戦いでネモフィラが使っていた〝あれ〟だよな？　私が昔に見た時は、あのような耐久性はなかったと記憶しているが……」

「はい、あの障壁魔法のおかげでネモフィラさんは急成長ができたんです」

その説明に、クレマチス様とヒイラギは難しそうな顔をする。

だから僕は、改めて『姫騎士』にしかできない成長方法について解説をした。

「ネモフィラさんが神素を取得するためには、魔獣の攻撃を受ける必要があります。ただそれは直接体に受ける必要はなく、盾で防いだりした場合でも〝攻撃を受けた〟という判断をされるみたいです」

「へぇ、そうなのか」

初めてレベルが上がった時も、ネモフィラさんは針兎の攻撃を〝盾〟で防いだだけだ。

それでもレベルが上がっていたので、直接体に攻撃を受ける必要はないと判断できた。

「あっ、ということは、〝障壁魔法〟で魔獣の攻撃を防いだとしても……」

「はい、神素を取得してレベルを上げることができたんです」

ここまでわかればあとは簡単な話だ。

「そして障壁魔法は同時にいくつも展開できるみたいで、魔力によって大きさと数、持続時間を調節できるようです」

「自分の体だけではなく、仲間たちの身を守ることもできる魔法、ということだな。これほど頼もしい守り手は他にいな……」

と、言いかけたクレマチス様が、突然言葉を切る。

その後、何かに気付いたようにハッとした。

どうやら彼女もすべてを理解したようで、ニヤリと微笑んで僕を見た。

「まさか、障壁魔法一つ一つから、それぞれ神素を得られるということなのかな？」

「……お察しの通りです」

それを聞いたヒイラギが驚愕した様子で呟く。

「障壁魔法一つ一つから、神素を得られるだと……？」

「自分にだけではなく、他の仲間たちに付与した障壁魔法を攻撃された場合でも、ネモフィラさんは神素を得ることができるんです。単純な話、二人に障壁魔法を張って魔獣から攻撃をされた場合は、〝二倍〟の神素を得られるといった具合ですね」

「……」

障壁魔法を攻撃されたら神素をもらえる。

その障壁魔法を増やして神素取得効率を上げたら、とんでもない速度でネモフィラさんは成長できるのではないかと考えたのだ。

その結果、僕たちが実践したのは……

「それがわかったので、僕は頼もしい仲間を呼んで協力を仰ぎました。そしてネモフィラさんと僕も合わせて計四人で魔獣から攻撃を受け続けて、四倍の効率で神素を取得したんです」

「よ、四倍⁉」

ヒイラギの素っ頓狂な声が部屋に響き渡る。

僕もこの成長方法に気が付いた時は、恐ろしくて鳥肌が立ってしまったものだ。

これほど効率よく成長できてしまっていいのだろうかと。

その時、不意にクレマチス様が疑問の声を上げた。

「障壁魔法とは、そこまで魔力を消費せずに展開できるものなのか？」

「えっ？」

「レベルが上がる前のネモフィラの魔力値では、四人に同時に障壁魔法を展開させることは難しいのではないか？　それに障壁の耐久力もネモフィラの頑強値に依存すると記憶している。未熟な状態の彼女では、実現不可能な修行方法なのでは……」

「あぁ、そのことですか。確かに魔力値と頑強値の低さは僕も懸念してました。今お伝えした修行方法を実践するには、どうしたって高い魔力値と頑強値が必要になりますからね」

僕はここで、ようやく少しだけ鼻を高くすることができた。

「そこでようやく、僕の出番というわけです」

「……？」

「僕の天職は『育成師』というもので、他人の成長の手助けと少しばかりの支援ができます。その育成師の支援魔法を使って、まだ未熟だったネモフィラさんの魔力値と頑強値を限界まで高めたんです」

対象の魔力値を強化できる【魔力強化《エンハンス》】、頑強値を強化できる【耐性強化《レジスト》】。

それによって強固な障壁魔法を四つまで張れるようになり、ローズとコスモスにも手伝ってもらってネモフィラさんの成長を手助けしたのだ。

「障壁魔法を張った四人で、ひたすら魔獣から攻撃を受け続ける。その分の神素がすべてネモフィラさんの体に流れていって、彼女は爆発的に成長することができたんです。……あとはまあ、僕が持ってるスキルで神素取得量を少しばかり上げたっていうのもありますけど」

「なるほどな。ネモフィラの急成長の秘密がようやく理解できたよ」

納得したように頷くクレマチス様と違い、ヒイラギは悔しそうに拳を握り込んでいる。

どうやら彼も、ネモフィラさんが急成長を遂げた理由を知って、悔しながらも納得しているようだった。

「ちなみにその修行によって、ネモフィラのレベルはどれくらいになったのかな？」

「えっと、それは……」

僕は不意に、傍らで佇んでいるネモフィラさんに視線を送る。

僕から伝えるよりも、ネモフィラ自身の口で言った方がいいだろうと思ったからだ。

視線だけでそれを伝えると、ネモフィラさんは静かに頷いて答えてくれた。

「レベル……35」

「な、なんだと⁉」

それに反応したのはヒイラギだった。

それも無理はなく、レベル35とはヒイラギとまったく同じレベルだからだ。

つまりヒイラギは同レベルのネモフィラさんに負けたということで、天職の才能で劣っていると完全証明されてしまったことになる。

「そ、そんなバカな話があるか……！　この短期間で、俺と同じレベルになんて……！　何より俺が、このネモフィラに才能で劣ってるだと……⁉」

ただでさえヒイラギの『箱庭師』は強力な力を宿している天職だし、信じられないのも仕方がない。

しかしネモフィラさんの『姫騎士』は、それ以上に規格外の天職ということだ。

「【天啓を示せ】」

まるでそれを証明するかのように、ネモフィラさんが天啓を取り出した。

それをヒイラギに手渡す。

彼は恐ろしい天啓を目の当たりにして、言葉を失っていた。

【天職】姫騎士
【レベル】35
【スキル】判定
【魔法】障壁魔法
【恩恵】筋力：A+630　敏捷：E200　頑強：SS+1030　魔力：S+830　聖力：F0

僕もまさか、ここまで強くなるだなんて思ってもみなかった。

王族の血を引いているのだから、相応の力を宿しているのだろうと予想はしていたけど、やはりこれはあまりにも常識外れの天啓だ。

伸び代もまだ残されている。いったいどこまで強くなるのか今からとても楽しみだ。

「これが、私の天啓」

「……」

「私に負けたのが、納得できないなら、別に再戦とかしてもいい。でも、その天啓を見た後でも、ヒイラギ兄様は同じことが言えますか？」

いつも強気な態度をとっていたヒイラギ。

しかし今回ばかりは何も言い返すことができずに、ネモフィラさんの天啓を握り締めて立ち尽くしていた。

彼女はもう弱くない。病弱でもない。臆病でもない。

逆に何者にも倒されることのない、〝鉄壁の守護神〟へと昇華したのだ。

「…………っ！」

ヒイラギは屈辱を噛み締めるように歯を食いしばり、逃げるように部屋から出て行く。

その背中を見届けたクレマチス様が、静かに微笑んで、その笑みをネモフィラさんに向けた。

「ネモフィラも、言うようになったじゃないか」

妹の成長を心から喜ぶ、そんなお姉さんの笑顔が眩《まぶ》しく見えた。

◇

ヒイラギが部屋を立ち去った後。

僕たちは再び席についてゆっくりすることにした。

継承戦の最中なので、ネモフィラさんやクレマチス様は何かと忙しいのではないのかと思ったけど、意外にも二人はやることがないそう。

招いている貴族の人たちに挨拶とか、会食などしなくていいのかな？

まあ、クレマチス様には聞きたいことがあったので、部屋に残ってくれてよかったけど。

「そういえば、僕と話したいことってなんだったんですか？」

「んっ？」

お茶菓子をつまみながら問いかけると、クレマチス様はお茶のカップに落としていた目を上げてこちらを見る。

一瞬彼女は、〝何のことかな？〟と言いたげに首を傾《かし》げかけるけど、すぐにハッと思い出してくれた。

「あぁ、君を王城に招き入れた時に言ったことか。継承戦が終わった後に、改めて言おうと思っていたのだが……まあ今でも問題はないか」

クレマチス様はお茶のカップを置いて、組んでいた脚を元に戻す。

なんだか改まった様子を受けて、思わずこちらも姿勢を正すと、彼女は吹き出すように笑い始めた。

「ハハッ！　何もそんなに身構えることはないよ！　単に君に礼を言おうと思っただけなのだから」

「れ、礼？」

「『ネモフィラを強くしてくれてありがとう』、となｌ」


その言葉に、傍らで静かに座っていたネモフィラさんがピクリと肩を動かす。

それを横目で見ながら、僕は『なんで？』と首を傾げてしまった。

「なぜネモフィラのことなのに私が礼を言うのか、不思議に思っている顔だな」

「は、はい。ネモフィラさんからお礼の言葉を頂戴するのでしたら、まだわからなくはないんですけど」

どうしてネモフィラさんのことを強くして、クレマチス様からお礼を言ってもらえるのだろう？

むしろその逆で、普通は咎《とが》められるべきなんじゃないかな。

だってこの二人は、いずれ継承戦の決勝でぶつかることになるかもしれないのだから。

クレマチス様からしてみれば僕は、敵の協力者のはずだけど。

「私が礼を言ったその理由を、君はすでに知っているよ」

「えっ？」

「今一度確認させてもらうが、もう君は私の〝秘密〟に気が付いているのだろう？」

秘密。おそらくあのことだろうという予想はついている。

僕は一度扉の方に目を向けて、きちんと閉ざされているのを確認した後、声を落として言った。

「勘違いだったら申し訳ないのですが、クレマチス様は〝呪い〟に掛かられていたことがあって、体調が優れないのではないですか？」

「あぁ、正解だ。やはりいい目をしているな」

あまり穏やかではない話だというのに、クレマチス様はにこやかに微笑んで頷いた。

「私はある魔族に呪いを掛けられたせいで、あまり体調が優れない……どころか、もう〝長くない命〟なんだそうだ」

「……」

長くない命。

僕はあまり驚かなかった。

隣で話を聞いているネモフィラさんも、その秘密をすでに知っているので、静かに俯《うつむ》いているだけだ。

その沈黙を嫌がるように、クレマチス様は相変わらずの豪快な笑みを浮かべて言う。

「おいおい！　本人がこんなに気丈に振る舞っているというのに、話を聞いている連中が沈んでいてどうするんだ！　もっと楽しく話をしようじゃないか」

そう言われても、無理なものは無理だった。

とてもこれをお茶の場の話として盛り上げようという気にはなれない。

ということちらの気持ちもわかっているようで、クレマチス様は再びゆっくりと話し始めた。

「……まあ、こんなバカ笑いしていられる私の方がおかしいのだろうな。すでに老衰して先が長くないことを悟っている身ならいざ知らず、私はまだこの通り声を上げて笑えるくらい健常だ。いつ死ぬかもわからないだなんて今でも信じられないよ」

次いで彼女は僕の方を見て、改まった様子で尋ねてくる。

「教えてくれないか？　どうして君は、私が呪われていたとわかったのかな？」

変に隠す理由もないので、包み隠さずに明かすことにした。

「先ほどお伝えしたように、僕の天職は育成師と言って、他人の成長を手助けする役割を持っています。そのため他人の天啓や心身状態を確認するための【神眼】というスキルを宿していて、その人に掛けられた呪いも見通すことができるんです」

前髪を掻《か》き上げて僅かに隠れていた目を晒《さら》しながら、僕は続ける。

「クレマチス様はすでに呪いを解かれているみたいですけど、その〝残り香〟が僕の【神眼】に映りました。その呪いの効果は、『寿命を削って死に至らしめる』というものですよね？」

「驚いたな。君にはそんなものまで見えるのか」

目を見張って驚いていたクレマチス様は、次いで苦笑を浮かべる。

「確かに私は寿命を削られる呪いを受けていた。魔獣区の侵攻中に、霊王軍の一隊とぶつかることになってな。その中に幹部級の魔獣がいて、そいつから呪いをもらってしまったんだ。すぐに解呪できればさほど問題はなかったのだが、少し対処が遅れてしまってな」

「対処？」

「呪術師を倒して早々に呪いを解きたかったが、そいつには逃げられてしまったので仕方なく『解呪師』という人物に頼ることにしたんだよ」

「あっ、それってもしかして、解呪師ロータスのことですか？」

「あぁ、君も知っていたのか」

僕も前に一度助けられたことがある。

僕が、と言うかローズのお母さんがだけど。

その時はすぐにロータスに解呪してもらうことができたんだけど、クレマチス様の場合はそうも行かなかったらしい。

「おそらくその判断自体は間違っていなかった。しかしどうも時期が悪かったらしく、なかなかロータスをつかまえることができなかったんだよ」

「そう、だったんですか……」

「これもおそらくとしか言えないが、近年大陸の各所で霊王軍の連中が活発的になっているのが原因だと思われる。ロータスもあちこちで解呪の依頼を引き受けていたのか、だいぶ時間が経ってから接触ができたんだよ」

結果、呪いを解くのが遅れてしまったみたいだ。

「その呪いはすでに解いて、今は綺麗さっぱりの健康体だが、削り取られた寿命までは戻っては来なかったよ」

「具体的に、どれくらいの寿命が削られたかはわかっているんですか？」

「腕利きの聖職者の話によれば、およそ〝五十年〟ほどらしい」

……五十年。

予想よりもだいぶ削られてしまっているみたいだ。

「家系的に八十前後が天命だと言われているのでな、おそらくあと五年もしないうちに私は老死するだろう」

「だから、長くない命ということですか」

あと五年前後で命を落とす可能性が高い、か。

早めに呪いの対処ができなかったのが悔やまれる。

しかしそうとわかっていながら、誰よりも明るく振る舞っているクレマチス様は心が強い方だと思った。

「ま、老死とは言っても、生命器官の一部だけが老いて低下しているらしく、見た目は若いままなんだそうだ。身なりに気を遣う質《たち》ではないが、そこだけは不幸中の幸いだったかもな」

強がりなどではなく、本心からそう言ってクレマチス様は声を上げて笑った。

とても五年近くで亡くなってしまう人物には見えない。

不意にネモフィラさんが悲しげな表情でクレマチス様を見ていることに気が付いて、僕も思わず顔を曇らせてしまった。

その気配を察したクレマチス様が、雰囲気を壊さないように調子外れな声を上げる。

「まあ、過ぎてしまったことは気にするな。今さら嘆いても寿命は返ってこないのだからな。何より君がネモフィラを強くしてくれたおかげで、私は心配事なく逝《ゆ》くことができる。だから君に、『ありがとう』と伝えたかったのだ」

「えっ？」

突然話が戻って、僕は思わず固まった。

そういえば、『ネモフィラを強くしてくれてありがとう』と言った意味を聞いていたのだった。

「私の命はもう長くない。そして私は王位継承順位第一位の第一王女クレマチスだ。これがどういうことかわかるかな?」

「えっと……」

直後、僕はすぐに気が付いてハッとする。

するとクレマチス様が、『察しの通りだ』と言うように頷いて続けた。

「もし私が死んだ場合、次のコンポスト王国の国王は、継承権順位第二位の第一王子クロッカスになる。これをどうにかして防ぎたいと思ったから、私は今回の継承戦を開くことに賛同したのだよ」

第一王子クロッカス。

今回の継承戦を開く原因となった人物。

話によれば、時代の移り変わりによる継承制度の変更に不満を持ち、異議を唱えた男だと聞いている。

昔は男子継承制だったのだから、本来王位は自分が継ぐはずだったと。

そんな彼を納得させるために、実力主義的な継承戦で改めて継承順位を定めるという話だったはずだ。

そのクロッカスが国王になることを防ぐために、継承戦に賛同した?

「そ、その言い方だとまるで、〝クロッカス様は国王に相応《ふさわ》しくない〟って意味になるんじゃ……」

恐る恐る尋ねると、クレマチス様は複雑そうな表情で答えた。

「あまり贔屓的なことは言いたくないのだがな。少なくとも私は兄弟の中で、クロッカスが一番国王に相応しくないと思っている」

「ど、どうしてそんなことを……」

優しくて妹想いの人格者であるクレマチス様が、よもやここまで言う人物なんて。

クロッカス・アミックスとは、いったいどんな男なのだろうか。

「昔から相当ずる賢い奴でな、自分のためなら他者を犠牲にすることを厭《いと》わない男なんだ。そもそも現行の王位継承制度に不満を抱いて、国王に直々に異議を唱えるなど、常人のすることではない」

「まあ、確かに……」

僕もその話を聞いた時は、いくらなんでも我儘《わがまま》すぎではないかと思った。

「それに奴が国王を目指している真の目的は、すべて〝自分が強くなるため〟なんだ」

「強く、なるため……？」

「国民のために誠心誠意尽くしていきたいなど、もっともらしいことを掲げてはいるが、その実内心では自分が強くなることしか考えていない。奴の天職についてはもう知っているだろう」

僕はクロッカスの『触媒師』の天職を思い出しながら頷く。

生物以外のあらゆる物質を魔法の触媒に変換できる万能な天職。

でも王様になったからって、あの天職で果たして強くなることができるのだろうか？

「奴の触媒変換の能力は、無生物のものよりも生き物の死骸……取り分け魔獣の死骸を用いた方が強力な触媒に化けるようになっている。そして何よりも一番の材料となるのが、人間の死体だそうだ」

「そ、それってつまり、王様の立場を利用して、人間の死体をたくさん手に入れようとしているってことですか？」

「そこまで露骨なことはしないだろうが、人間の死体や魔獣の死骸が自分の懐に入って来るような制度を、色々と理由をつけて設けるつもりらしい。戦争後の野晒しになっている死体は、すべて王国軍側が処理するとかな」

一見良心的な制度のように見える。

大抵は野晒しになっている死体は近隣の村の人間などが埋葬していて、その状況をよくないと見ている人も少なくはない。

だからその問題を解決するための制度のように思えるが、しかし実際はクロッカスが効率的に人間の死体を回収するための策略である。

そして回収した死体をすべて魔法の触媒に変換するつもりだろう。

国の問題解決にはなっているが、いくらなんでも倫理に反している。

クレマチス様がクロッカスのことを〝ずる賢い〟と評したのも納得できてきた。

「それと一応、これも伝えておくか」

「……？」

クレマチス様は不意に声を落とす。

そしてネモフィラさんにもっと顔を近づけるように指示を出し、さらには部屋の端で静かに佇んでいるミンティにも手招きをした。

「ミンティ君も、少し耳を貸してくれるかな」

「は、はい。かしこまりました」

どうしてミンティも呼んだのだろうか？

ミンティが戸惑いながらも卓にやって来ると、クレマチス様は小声で話を続けた。

「継承戦前に余計な緊張感を与えるのはどうかと思って黙っていたが、逆にいい刺激になると思って伝えておく。これもクロッカスが最近掲げた施策の一つなんだがな、どうやら奴は〝エルフ族〟の扱いの見直しをするつもりらしい」

「エ、エルフ族の……？」

クレマチス様がミンティを呼んだのはこれが理由か。

でも、エルフの扱いの見直しって、具体的にどんなことをするのだろう？

「現在エルフ族の扱いはかなり曖昧で、ある町では最低限の人権を、ある町では害獣と同じ扱いを……なんて風に不確定な存在となっている。そんな宙吊りの状態を解消するために、エルフ族を排除すべき対象だと国民に思い込ませるつもりみたいだ」

「えっ……」

僕だけではない。

ネモフィラさんとミンティも唖然《あぜん》とした様子で固まっている。

排除すべき対象って、それってつまり……

「端的に言えば人権を剥奪して、魔獣と同等の扱いにしようとしているらしい。エルフ族には前歴があり、今では一部の村や町の御伽噺《おとぎばなし》では悪者として登場するくらいだからな。国王となったクロッカスが少し手を加えれば、即座に悪魔として定着させることも難しくはないだろう」

「ど、どうして、そんなことを……？」

「先ほども言ったが、クロッカスは己が強くなることしか頭にない。そしてそのためには手段を選ばない狡猾《こうかつ》な奴なんだ」

クレマチス様は顔をしかめて、背筋が凍えるような恐ろしい事実を僕たちに告げてきた。

「人間の死体や魔獣の死骸が強力な触媒の素《もと》になるように、エルフ族の死体もまた上質な触媒の材料となる。そしてエルフの死体を用いた場合は、どの材料を素にするよりも〝特異的な触媒〟が生成されるという記録が残されているんだ」

「……」

エルフの死体で、特異的な触媒が……

我知らずミンティの方を見ると、彼は血の気が引いたように顔を蒼白にさせていた。

過去に同じ天職を持っていた人間が記録を残しているというのは珍しくない話だ。

その記録をクロッカスも見たのだとしたら、エルフ族の死体に興味を持つのも不思議ではない。

つまり奴は、この国の王になって……

「すべてのエルフ族を、自分の触媒に変えようと企んでいるってわけですか」

「十中八九そのつもりだろうな。排除対象となったエルフ族の死体ならば、人間のそれよりも扱いやすい。クロッカスにとってこれ以上都合のいい存在は他にいないだろう」

クロッカスが国王に相応しくないと言った理由が恐ろしいほどにわかった。

ここまで人格的に問題がある人物が国王になるのは防がなければならない。

「クレマチス様が天命を迎えてしまったら、継承順位第二位のクロッカス様が次期国王になる。だからその前に別の継承者に王位継承権を渡したくて、継承戦に賛同したってことですか？」

「理解が早くて助かるよ」

クレマチス様は頷きながら続けた。

「私の個人的な意見だけで継承権を譲ってしまうと、またぞろクロッカスから不満が出るだろう。『なぜ継承順位二位の自分ではなく他の奴に継承権を渡すんだ』と。だから奴の方から王位継承に関して申し立てがあった時、絶好の機会だと思ったんだ」

「絶好の機会？」

「奴の異議を受け入れる形で継承戦を開けば、王位継承権を自然に別の者に渡すことができる。継承権の行方《ゆくえ》は勝敗に左右されてしまうが、決闘の末の結果ならば奴も認めざるを得ないだろう」

「だからわざわざ、国王のカプシーヌ様とクレマチス様は、クロッカス様の異議を受け入れたってことですか」

どうしてそんな我儘な言い分を受け入れたのだろうかと、ずっと疑問に思っていた。

クロッカスを納得させるためとはいえ、いくらなんでもそいつの我儘を許しすぎじゃないだろうかと。

まさかそんな経緯があったなんて。

「国王である父上は、すでに私の寿命のことを承知しているからな。どちらかと言えば父上も、クロッカス反対派なので、継承戦の開催に一役買ってくれたというわけだよ。まあ父上はヒイラギが次期国王になることを本心では望んでいたみたいだが」

「へ、へぇ……」

あのヒイラギに国王になってほしかったんだ。

まあ、これまでの話を聞く限りだと、ネモフィラさんたちのご両親は実力主義的な思考を持っているみたいだし。

人格的に問題があるクロッカスを除けば、ヒイラギが一番理想に近い人物ということになるのか。

あれもあれで性格に問題がありそうだけど。

「私はできれば、第二王女のニゲラか、第三王女のネモフィラに王位を継いでもらいたいと思っていたんだ。だからネモフィラを強くしてくれた君には感謝しているというわけだよ」

「な、なるほど。そう繋《つな》がるわけですか」

僕にお礼を言いたいと言った意味がようやく理解できた。

呪いによって短命になってしまったクレマチス様は、クロッカスが次期国王にならないように継承戦を執り行うように計らった。

そしてネモフィラさんの成長を手助けした僕は、知らぬ間にクレマチス様の計画の一翼を担ったということになるのだ。

「天寿を全うする前に、私が〝子供を残す〟という手もあったが、さすがに時間が足りないと思ってな。仮に子供一人を残して私が去った後、即位したその子が苦労をすることになるのは目に見えていたから、思い切って下の妹たちに託すことにしたんだよ」

そうか、子供を残すという選択肢もあったのか。

庶民ではとても思いつかない大胆な作戦だ。結果的に断念したみたいだけど。

そういえば……

「ヒ、ヒイラギ様はダメなんでしょうか？　現国王のカプシーヌ様はヒイラギ様が次期国王になることを望んでいらっしゃるということですけど、クレマチス様はどうお考えになっているんですか？」

「まあ、クロッカスよりかはまだマシ、と思っているくらいかな。やはりニゲラとネモフィラに比べると、まだ精神的に未熟な面が見受けられるからな。……ただ、あれはあれで可愛い弟なんだがな」

途端、クレマチス様は思い出し笑いをするように微笑をたたえた。

「いつもあいつがネモフィラをいじめている時に、『私も交ぜてくれ』と言って近づくとビクッと肩を揺らしてな、何かと言い訳をつけて逃げて行ってしまうのだ」

「……それは、なんとなく想像できますね」

「あの小さな体も、実は抱き心地が上質でな。城で見かける度に後ろから忍び寄って捕まえていたら、次第に私の気配を察知するようになって、今ではもう近寄らせてももらえないんだよ。強気な態度に反して、なかなか可愛いところがあるだろう？」

「……」

クレマチス様は随分と楽しそうに深い笑みを浮かべている。

しかし僕は、今の話をあまり穏やかな気持ちで聞くことができなかった。

ヒイラギがクレマチス様を苦手としているような様子は、以前に話した時に感じていた。

その原因は絶対にこれだと思う。

あとこれは、僕の考えすぎかもしれないけど……

ヒイラギがネモフィラさんをいじめているのって、クレマチス様がヒイラギをいじっているのがいけないいんじゃないのかな？

〝長身の女性〟に対して恨みを抱えてしまい、それをネモフィラさんにぶつけているとか。

……まあ、クレマチス様も純粋な兄弟愛でヒイラギに絡んでいるみたいなので、あまりこのことには言及しないようにしよう。

「ともあれ、そのヒイラギもニゲラも継承戦では敗れてしまい、残っているのはネモフィラとクロッカスの二人だけだ。私は最初から勝負を譲るつもりでいるからな、実質明日の第二回戦が〝決勝戦〟ということになる」

クレマチス様はネモフィラさんの肩に手を置いて続けた。

「ネモフィラ、未熟な姉からの勝手な申し出ですまないが、明日の継承戦を応援しているよ。今のネモフィラの強さなら、あのクロッカスも充分に負かすことができるはずだ」

その励ましに対して、ネモフィラさんは相変わらずの無表情ながら、決意のこもった声音で答える。

「私が負けたら、エルフ族が駆除対象にされる。ミンティの仲間たちは、絶対に殺させたりしない。

だから、私は負けないよ」

「お嬢様……」

その強い気持ちを目の当たりにして、僕とクレマチス様の笑みが重なった。

どうやらクレマチス様の言った通り、本当にいい刺激になったみたいだ。

第五章　囚われし妖精

翌日。

いよいよ継承戦の第二回戦の日となった。

その早朝、まだ日も昇り切っていない薄暗い朝に、僕は目を覚ました。

「ふわぁぁ……」

昨日も同じ場所で寝たはずなのだが、やはり慣れないベッドでは熟睡ができなかった。

うちのやつよりもふかふかですべすべで、逆に落ち着かない。

おまけに朝は使用人さんが起こしてくれることになっているので、それがわかっているとなると余計深くは眠れなかった。

ともあれ早くに目が覚めてしまい、僕はやることもなしに客室の中を歩き回る。

それから怒られない程度に城内を見て回ることにした。

「やっぱ広いなぁ……」

改めて城の中を見て感動を覚える。

勇者パーティー時代にも何度か大きな屋敷とかに招かれたことはあったけど、一国の王が住まう王城はやはり一味違った。

重要な部屋にさえ近づかなければ自由にしていいとクレマチス様に言われているので、そこだけは気を付けて散策をしていく。

城内の大廊下、噴水のある園庭、使用人さんたちが住んでいる別邸。

貴族の屋敷に仕える使用人さんたちは、地下室や屋根裏を利用して住んでいると聞いたことがあるけれど、さすがに王城の使用人さんたちになると別邸を設けてもらえるらしい。

専用の個室があるのは、個人に仕える従者だけって話だけど、ここは使用人さんたちの暮らしも充実しているみたいだ。

そろそろ部屋に戻ろうと思って廊下を進んでいると、その途中で一人の女性を見かけた。

「あっ、ネモフィラさん」

白いネグリジェの姿で廊下に立っていたのは、長身の青髪の女性——ネモフィラさんだった。

彼女は廊下の端の窓際で、外を眺めながらぼんやりとしている。

やがて僕の気配に気が付いたのか、青い瞳をゆっくりとこちらに向けた。

「おはようございますネモフィラさん。ネモフィラさんも早く目が覚めちゃったんですか？」

「…………うん、まあ」

「……？」

気のせい、だろうか。

ネモフィラさんは相変わらずの無表情だった。

しかしその顔が、いつもよりも若干強張っているように見えた。

まるで、何かを思い詰めるみたいに。

「あ、あの、どうかしました？」

「……別に」

そう言って彼女は再び窓の外に目をやってしまう。

なんだろう、この感じ？　いつも通りと言われたらそう見えるんだけど、なんだか心なしか様子がおかしいように感じる。

何かに悩んでいるというか、怯えているというか、戸惑っているみたいな感じだ。

「もしかして、怖い夢でも見ましたか？」

「えっ？」

「いつもよりなんだか、表情が硬いような気がしたので」

心配になって問いかけてみると、ネモフィラさんはおもむろにかぶりを振った。

「……なんでも、ないよ。いつもこんな顔だし」

「そ、そうですか」

確かにいつもと同じと言われたらそんな気もするけど。

やっぱり僕の気のせいだったのかな？

「今日が実質、継承戦の最終戦だから、緊張して落ち着かなかっただけ。別になんでもないよ」

「……まあ、次期国王になれるかどうかが今日で決まりますからね。緊張は当然だと思います」

ただでさえネモフィラさんはミンティの故郷を救うという目的があって、姉のクレマチス様の想いも引き継いでいるわけだし。

少し様子がおかしく見えるのも当たり前か。

「じゃあ、私はもう少し休むから」

「はい、おやすみなさい」

そう言ってネモフィラさんは部屋に戻って行き、僕も与えられた客室へと帰って行く。

ネモフィラさんでも緊張することがあるんだなぁ、なんて呑気《のんき》なことを考えていると、思い出したように仄《ほの》かな眠気に襲われた。

継承戦の本番は本日の十四時から。

今からおよそ九時間後なので、僕ももう一眠りしておこうかな。

どうせ程なくして使用人さんが起こしに来てくれると思うけど、それまで睡魔に身を任せることにしよう。

部屋に辿り着くなり、ふかふかすべすべのベッドが目に入り、僕はそこに飛び込もうとした。

瞬間——

『ロゼ様』

「うおっ⁉」

聞き覚えのある声が、突如としてどこからか聞こえてきた。

突然のことに驚いて、僕はベッドの上にブサイクな格好で落ちてしまう。

その後すぐに顔を上げて、思わず辺りを見回してしまった。

しかし周囲には誰もいない。

それも当然で、聞こえてきた声は明らかに頭の中に直接流し込まれたものだったからだ。

これは、エルフ族のミンティが使える思念伝達。

「ミ、ミンティ？　どうかしたの、こんな朝早くに……？」

『突然のご連絡で申し訳ございません。早朝にご無礼かとは思ったのですが、早急にロゼ様にお伝えしたいことがございまして……』

僕に伝えたいこと？

思念伝達を使うほど急ぎの用件とはいったいなんだろう？

加えてミンティの声音にどことなく焦燥感が滲《にじ》んでいるように感じて、僕は眠気を振り払って耳を傾けることにした。

『今、お近くにネモフィラお嬢様はいらっしゃいますか？』

「ネモフィラさん？　さっきまで一緒にいたけど、今は部屋に戻って休んでると思うよ」

『そ、そうですか』

心なしか安心している様子が声から伝わってくる。

ネモフィラさんが近くにいたらまずい話なのだろうか？

『お嬢様は、どこかおかしな様子などございませんでしたか？』

「んっ？　ど、どういう意味それ？　おかしな様子なんて特に……」

そう言いかけた僕は、ネモフィラさんから受けた違和感を思い出してハッとする。

「そういえば、なんだか少しそわそわしてたような気がする。落ち着きがなかったと言うか……」

『で、でしたらもう、このことは……』

「……?」

『ロゼ様、恐れながらもお願いがございます。お嬢様に〝ミンティのことは心配無用〟とお伝えしていただけませんか』

「えっ……」

ミンティからの思いがけない申し出に、僕は言葉を失った。

心配無用? ネモフィラさんに、『ミンティのことは心配いらない』と伝えればいいのか? それじゃあまるで、ミンティはたった今、何かよからぬ事態に陥っていると言っているようなものではないか。

「な、何かあったのミンティ?」

『…………別に、大したことではございません。ですのでお嬢様には、〝心配無用〟とだけお伝えくださいませ』

「い、いや、無茶言わないでよ」

ミンティに何があったのかも知らずに、ネモフィラさんに『心配いらない』と伝えられるはずがない。

それにミンティが変に言い淀んでいる様子からも、ただならない事態に陥っていることが伝わって来た。

『これは、ロゼ様にしかお願いができないことなのです。ですからどうか、これ以上は何も聞かずに、ネモフィラ様への伝言をお願いいたします……！』

「それで、『うんわかった』って言えるはずないじゃないか。ミンティの身に何かあったんだよね？状況だけでも教えてくれないかな？」

念話の向こうで、ミンティが逡巡する気配を感じる。

なんでミンティは何も教えてくれないんだ。

こっちに何も伝えられない状況なのだろうか？　後ろで誰かに脅されている？

こちらも自ずと焦りを覚えさせられて、ミンティからの返答をひたすらに待ち続けていると……

やがて彼の申し訳なさそうな弱々しい声が、頭の中に響いた。

『……わたくしは現在、何者かの手によって城の外へと連れ出されております』

「そ、外に連れ出されてる……？」

その物騒な響きに、僕の背筋は自ずと凍えた。

空気が次第に重くなっていくのを感じながら、僕は辿々《たどたど》しく尋ねる。

「そ、それってもしかして、〝誘拐〟されてるってこと？　でもなんでミンティが……」

『おそらくはネモフィラ様に対しての脅迫目的と思われます。その旨の会話を聞き取りましたので』

脅迫。

ネモフィラさんを脅すための材料として、ミンティを連れ去った奴がいるってことか。

だからミンティはやむを得ず、城の外から遠隔で念話をかけてきているのか。

確かにミンティは、今やネモフィラさんの唯一の弱点とも言える人物だけど……

「脅迫って、いったい何を要求するつもりなんだ？　別にネモフィラさんはまだ、王様になったってわけでもなくて、今は一人の継承者ってだけなのに……」

『詳しいことはわかっておりません。ただ会話の内容から判断すると、次の継承戦で何かしらの〝魔法道具〟を付けるようにネモフィラ様に脅しをかけるとか。ネモフィラ様が言うことに従えば、わたくしを解放するらしいです』

「な、なんだよそれ……？」

なかなかに歪《いびつ》な内容の脅迫だ。

その脅しにいったい何の意味があるというのだろうか？　ていうかどんな魔法道具を付けさせるというのだろう？

ただ、ネモフィラさんがあんな様子になっていた理由がようやく理解できた。

誘拐犯の言うことに従わなければ、ミンティの身が危ない。

あの落ち着きの無さは、ミンティのことを心配していたからだったのだ。

すでにミンティを攫《さら》った連中からは、何らかの指示を受けているのだろう。

「どんな魔法道具をネモフィラさんに付けさせるつもりなんだろう？」

『確か、身体能力を制限するとか、恩恵の効果を封じるとか、そんなことを言っていたと思います』

「……」

ようはネモフィラさんを弱体化させるつもりってことか？

その話が事実ならば、自ずとミンティを連れ去った連中の素性も想像できる。

ネモフィラさんが弱くなって得をする人物は誰か。

それはもちろん、次の継承戦の対戦相手である〝クロッカス〟だ。

おそらく先日のネモフィラさんの強さを目の当たりにして、真正面から戦っても勝てないのだと悟ったのだろう。

クロッカス本人か、奴を支持する誰かの差し金だな。十中八九、本人の仕業だと思うが。

「……でも、なんでわざわざ魔法道具を付けさせて弱体化させようとしてるんだろう？　『わざと負けろ』とか『棄権しろ』とかならまだわかるんだけど……」

あまりにも不可解な指示に、僕は独りごちながら首を傾《かし》げる。

しかしすぐにその真意を悟って、ハッと息を飲んだ。

「……まさか、大勢の前で力を示すために、あえてそんなことを」

ネモフィラさんに棄権されてしまうと、せっかく招いた貴族の人たちに力を示すことができなくなってしまう。

結果的に継承戦に勝利はできても、それが不戦勝や八百長のような形になれば納得しない人も大勢出てくるのではないだろうか。

だからあえて『棄権しろ』と脅したのではなく、『弱体化の魔法道具を付けろ』と指示したのだ。

「……もしかしてミンティは、ネモフィラさんには全力で戦ってほしいから、僕に伝言をお願いしてきたってこと？　直接彼女に『心配するな』って伝えたら、余計に心配を掛けさせちゃうから……」

『はい。信頼を置いているロゼ様からのお言葉なら、きっとネモフィラお嬢様も信じてくださると思いましたので。わたくしの身などお気になさらず、お嬢様には国王になっていただきたいのです』

だから僕の方から『ミンティのことは心配無用』と伝えてほしいというわけか。

しかしその事情を聞いてしまい、ますます頷きがたい気持ちになった。

もしネモフィラさんが弱体化の魔法道具を付けずに継承戦に出たら、その時はミンティの身が危うくなる。

かといって誘拐犯の言うことをずるずると聞いてしまえば、ネモフィラさんが継承戦で苦しい思いをすることになる。

どちらも許すわけにはいかない。なんとしても避けなければならない事態だ。

僕はいったいどうすれば……

「……ネモフィラさんはどうしてこのことを話してくれなかったんだろう？」

『おそらく、そういった指示があったのではないでしょうか。口外した場合は従者の命はないとか』

「……まあ、向こうは完全に継承戦の掟を破っているわけだし、バレたらクロッカス王子が失格扱いになるからね」

大勢の人間たちにこのことを知られるのを嫌がっているはず。

もしこのことを、あの頼りになるクレマチス様とかに相談できたら、即座に事件を解決してくれそうなんだけどなぁ。

おそらくその辺りも警戒して、口外することを禁じてきたのではないだろうか。

ただ、攫ったミンティが思念伝達の力を使えるエルフだとは知らなかったみたいで、こうして念話によって僕には知られてしまったわけだけど。

ならいっそのこと、同じようにしてクレマチス様にもこのことを伝えるというのはどうだろうか？

「…………いや、それはダメか」

僕は自分の考えにすぐにかぶりを振る。

クレマチス様に伝えるのは非常に危険だ。

ミンティを攫うように指示を出したのは、まず間違いなく第一王子のクロッカス。

そのクロッカスが現状で一番懸念しているのは、継承戦の指揮をとる国王様かクレマチス様にこの事件を知られることだろう。

クロッカスが最も警戒しているであろうクレマチス様がこの誘拐事件を知って、何かしらの対応をしてくれた場合、即座に奴の警戒の目に触れることになる。

そうなれば最悪、ネモフィラさんが口外したのだと判断されて、ミンティの身が危うくなるかもしれない。

『やはりわたくしのことは構いませんので、どうかネモフィラお嬢様には〝心配無用〟だとお伝えください。わたくしはあの方の足枷にはなりたくないのです』

「……」

現状で怪しまれずに行動できて、このことを知っている人物。

そんなの一人しかいない。

僕は深く息を吸い込んで、意を決してミンティに伝えた。

「……僕が助けに行くよ」

『えっ？』

「僕はあくまでクレマチス様の客人として客室に呼ばれただけだ。ネモフィラさんやミンティとの関係はクロッカス王子にはバレてない、と思う。だから僕がミンティを助けに行く」

念話の向こうでミンティが驚いているのが伝わってくる。

僕としても自信がないことだから、確実に助けられるとは言い切れないけれど。

でもこれが現状での最善策としか思えない。

「だからそれまでは、ネモフィラさんには犯人の指示通りに動いてもらって、ミンティの身の安全を確保できたらちゃんと『心配はいらない』って伝えよう」

『で、ですが、ロゼ様にそこまでのご苦労をかけさせるわけには……』

ミンティは申し訳なさそうにそう言うが、僕は構わずに彼に指示を送る。

「それとミンティも、これ以上他言するのは控えてほしい。最悪口外したのがクロッカスにバレたら、ミンティの身が危なくなるから」

『わ、わたくしはそれでも構いません。お嬢様が王様になって、たくさんの人々に認めていただけるようになればそれで……』

「ミンティの安全だけの話じゃない。これにはネモフィラさんが王様になれるかどうかも深く関わってるんだ」

『えっ？』

思いがけない台詞《せりふ》を返されたからか、ミンティは念話の向こうで言葉を失う。

僕はこれだけは確証を持って告げた。

「ネモフィラさんが王様を目指しているのはミンティのためだ。そのミンティの身に万が一のことがあった場合、彼女は王様を目指す理由を失ってしまう」

『そ、それは……』

「というかミンティの身に万が一のことがあった時点で、ネモフィラさんは確実に自分のことを責めて、継承戦どころの話ではなくなると思う。だからネモフィラさんを王様にしたいと思うなら、それこそ身の安全を確かなものにして、直接『心配はいらない』って伝えてあげないと」

『……』

そう説得をすると、またもミンティは黙り込んでしまった。

自分のことで大勢に迷惑を掛けるのは嫌だと思っているのだろう。

しかし僕の言い分にも説得力を感じたようで、深く悩んでいる様子だ。

幼い頃からずっと一緒にいたからこそわかること。

ミンティがネモフィラさんのことを大切に思っているように、ネモフィラさんだってミンティのことを大切に思っている。

〝主人と従者〟などと一括《ひとくく》りにできるような関係性ではなく、もはや家族以上の絆がこの二人の間にはあるのだ。

だからネモフィラさんを王様にしたいと思うのだったら、ミンティは身を投げ出すことはせず、助かることを第一に考えた方がいい。

『……わ、わかりました。ご迷惑をおかけしますが、何卒《なにとぞ》よろしくお願いいたします』

「いいよ、これも言っちゃえば依頼の範疇だから」

ネモフィラさんを強くして王様にする。

まだネモフィラさんは王様になれていないのだから、そのための助力はさせてもらうつもりだ。

とりあえずまずはミンティの居場所を聞いて、どう動くべきかを決めた方が良さそうだな。

「このまま思念伝達で居場所を教えてもらえると助かる。まだしばらくは念話を繋《つな》いだままにできそうかな？」

『いえ、思念伝達にはかなりの体力と集中力を必要としますので、繋いだままというのは難しくなりそうです』

「……」

もしかしたら犯人たちに場所を移される可能性もあるから、なるべく念話は繋いだままがよかったんだけど。

それなら仕方がない。

「なら今いる場所だけでも僕に教えて。その後は念話を切って、有事の際にだけ思念伝達を繋ぐようにしよう」

『は、はい』

「あっ、それと、もし体力に余裕があったらでいいんだけど、念のためにさ……」

ミンティに指示を送りながら、僕は片手間に準備を整えて客室を後にした。

◇

継承戦開始まで、あと五時間。

賑わいつつある城内の喧噪《けんそう》を聞きながら、ネモフィラは自室で窓の外を眺めていた。

この時間になったら、いつもはとっくに従者のミンティが朝食をどうするか聞きにやって来るはず。

しかし今日はそれがない。

ネモフィラの懐に入っている一通の〝手紙〟が、彼の不在を如実に伝えてきている。

『次の継承戦において、同封した魔法道具の着用を義務づける。継承戦ののち従者を解放する。以上のことを口外した場合、従者の安全は保証しないものとする』

早朝。

目が覚めて水を飲みたくなったので、隣の部屋にいるはずのミンティに声を掛けようとした。

しかしそこにミンティの姿はなく、代わりにこの手紙が置いてあった。

たまに書き置きを残して部屋を留守にしていることがあったが、いつも使っている紙ではなく、見たことがない封筒が置いてあって不思議に思った。

そして中を開いてみると、それは従者のミンティからの手紙ではなく、わかりやすい脅迫状だった。

それを見た瞬間、自分の血の気が引くのを感じた。

自分のせいで、ミンティを危険な目に巻き込んでしまった。

やがて冷静になった頭でネモフィラは考える。

こんなことをするのは兄のクロッカスくらいだ。

策士のクロッカスにしてはあまりにも乱暴な手だと言わざるを得ないが、非人道的な策略からしても奴以外に考えられない。

先日の一回戦にて、自分の強さがかなり衝撃的に映ったのだろう。

それで焦ってしまったのだろうが、まさかこんな強硬策に打って出てくるとは。

「……ロゼ」

早朝にロゼと顔を合わせた時、心の底から助けを求めたかった。

彼に相談すれば何かしらの解決策を出してくれると思ったから。

しかし他言無用という犯人の指示があったため、ロゼには何も伝えなかった。

ただ、一応自分でもたった一つだけ解決方法を思いついている。

きっとロゼの方が利口な方法を思いつくのだろうが、この方法ならミンティを無事に帰してもらい、かつ自分が国王になるという目的も果たすことができる。

犯人が要求してきたのはこれだけだ。

『同封した魔法道具の着用を義務づける』

極論、魔法道具を付けたまま自分が勝てばいい。

わざと負けろとは指示されていないから。

同封されていたのは飾り気のない〝指輪〟で、試しに付けてみた感じからすると、体に宿っている恩恵がほとんどなくなるような効果らしい。

だがそれで完全に戦えなくなるというわけでもないようなので、その状態で勝ってしまえばいいだけの話だ。

今の自分の実力なら、この指輪を付けたままでも勝てる可能性はある。

もしそれで勝ったとしても文句を言われる筋合いはないし、自分が王様になることもできる。

無茶かもしれないが、これがネモフィラに考えつける現状の最善策だった。

「……ロゼに、強くしてもらったんだから」

人知れず決意を固めると、ネモフィラは継承戦に向けて腹ごしらえをしておくことにした。

結局ロゼと別れた後は、気持ちが落ち着かなかったのであまり眠ることができなかった。

僅《わず》かに寝不足気味な頭で部屋を出て、朝食をとるために食堂へと向かう。

ミンティが傍にいないという違和感を抱えながら食堂の前まで辿り着くと、ちょうどそこでクレマチスの姿が見えた。

「おはようネモフィラ」

「……おはようございます、クレマチス姉様」

心優しく頼りになる姉を見た瞬間、またもあの衝動に襲われてしまう。

このことをすべて打ち明けてしまいたい。

とても自分一人で抱え切れる問題ではないから。

しかしネモフィラは奥歯を噛み締めて堪《こら》えて、そのことを知らないクレマチスが声を落として言ってくる。

「今日の継承戦、楽しみにしているよ」

「……うん」

「そういえば、ロゼ君がどこに行ったか知らないか？」

「ロゼ？」

「私の客室にいなくてね。今朝は書き置きだけが残されていたんだ。『用事があるから外出する』と。何か聞いていないかな？」

「う、ううん」

そういえばロゼの姿を見ていないと今さらながら気が付く。

そして〝書き置き〟が残されていたということを聞いて、ネモフィラは悪い方向に予想をしてしまった。

まさかロゼも攫われた？　と一瞬だけ不安になるが、すぐに考えを改める。

クレマチスの客人として招かれている彼が標的になるはずがない。

それはいくらなんでも自殺行為だ。些細な証拠が残ってでもいれば、必ずクレマチスはそれに気が付いてクロッカスに辿り着く。

だからロゼは本当に用事があって席を外しているのだろう。

「一緒にネモフィラの勇姿を見届けられたらと思っていたのだがな。それにネモフィラも、彼が見ていてくれた方が何かと安心だろう」

「そう、だね……」

一応、彼は師匠みたいな立場になるので、戦うところを見ていてくれた方が安心できる。

しかし用事があるというのなら仕方がない。

それに継承戦まではまだ時間があるので、それまでには戻って来てくれるかもしれないし。

ミンティも同じように、何かの間違いでふらっと帰って来てくれないだろうかと思っていると、不安げな表情を悟られたのかクレマチスが顔を覗き込んできた。

「……どうかしたか？」

「えっ？　う、ううん……何でも、ない」

頼りになる姉に、人目も憚《はばか》らず泣き縋《すが》ってしまいたい。

ネモフィラは継承戦の開始まで、そんな衝動を抑え込み続けた。

◇

王都チェルノーゼムから、馬車を使って三時間ほどの場所。

密度の高い森の一角に、木々に隠れるようにして入口を開いている地下遺跡があった。

中はかなり広大で、壁や天井には魔法道具が掛けられていて青い光を放っている。

地下に広がる遺跡は三つの階層に分かれており、下の階層に進むほど内部も広くなっている。

その地下遺跡の最下層の小部屋に、ミンティは縛られた状態で囚われていた。

「……」

この部屋に来るまでに、遺跡の中で多くの兵たちとすれ違った。

その誰もがあまり整っていない格好をしていたので、おそらく騎士団などに所属している一般兵ではないと思われる。

金で雇われた傭兵だろうか。

確かに自分を誘拐してネモフィラを脅すなら、後々足がつかない人物たちに任せるのが無難だろう。

クロッカスは様々な組織と繋がりがあると聞いているし。

ただ、そんな連中も王城に忍び込むことはできなかったようで、自分を城から連れ出したのは上等な衣服を着た黒マスクの男だった。

あれはおそらくクロッカスの従者だろう。

そして自分を城から連れ出したのち、この物騒な連中に身柄を任されたといったところか。

そのリーダーらしき青年が、たった今自分の目の前で静かに本を読んでいる。

「……こうして待っているだけというのは、なかなかに退屈ですね」

やがて青年はおもむろに顔を上げて、控えめに欠伸を漏らした。

他の者たちとは違って、それなりに小綺麗な白コートに身を包んだ男。

茶色の髪と白い肌も艶《つや》があり、肉付きも悪くない。

さらには上等な眼鏡と磨かれたブーツを身につけていることからも、程々にいい暮らしを送っている人物のようだ。

上流階級の関係者だろうか？　それともクロッカスと金銭的な契約を結んでいる人物か？　見覚えのない人物だったので、ミンティは思わず疑問を口にしていた。

「……あなたはいったい誰なのですか？」

「おや、お喋《しゃべ》りに付き合ってくれるというのですか？」

先ほどの退屈発言を気遣っての台詞ではなかったのだが、なぜかそう捉えられてしまった。

接しづらい人物だと思っていると、茶髪の男は眼鏡を直しながら肩をすくめた。

「しかし残念ながら素性は明かせないことになっていますので、その質問にお答えすることはできません。別のご質問でしたら受け付けますが？」

「……では、この場所はいったいなんなのですか？」

突然連れてこられた地下遺跡。

それにしては妙に生活感が漂っていて、小綺麗に整頓されている。

だからそれが気になって尋ねてみると、青年はまたも玉虫色の返答をしてきた。

「さあ？　私たちはただ依頼主から、あなたを『本日の夕刻までここに捕らえておけ』と言われただけですから」

てっきりこの者たちが普段使っている隠れ家か何かかと思ったけれど。

男の発言からすると、おそらくここはクロッカスかその派閥の人間が用意した監禁場所だろう。

思えば立地的にも都合が良く、設備もとても整っている。

元々こういった場所に目星を付けていて、必要な時に使えるように整備していたのだ。

「そこまでしてネモフィラお嬢様を陥れたいのですか？」

「いやいや、いったい何のことでしょうかね？　私にそんなことを言われましても返答に窮しますよ」

男は惚《とぼ》けるように微笑を浮かべている。

確定的な証拠は何一つないけれど、これでクロッカスが手を回していない方が不自然だろう。

「あなた方はクロッカス様が手回しした者たちで、お嬢様の力を恐れてこんな回りくどいことをしているのでしょう？」

「……もし第一王子のクロッカス殿のことを仰っているのなら、それは大きな見当違いですよ。私たちの依頼主は別の人間です。その方も他の誰かから依頼を受けた仲介役ですし、本元を探り出すのはほぼほぼ不可能なのではないでしょうか？　大方、彼を支持する派閥の仕業ではないかと」

「……」

そういう言い逃れ方をするのか。

いや、これもクロッカスの仕業か。

仮にこの者たちが捕まったとしても、クロッカスを支持する誰かから依頼を受けたということにすればクロッカスにお咎《とが》めはない。

熱心な支持者が勝手に暴れただけ、ということにすれば無罪放免だ。

という契約をクロッカスと結んでいるのだと思われる。

本当にクロッカスを支持する誰かが、陰で暴走しているだけの可能性もあるけれど。

「あなたを連れ去って監禁する目的は定かではありませんが、王都の城内で行われている継承戦に深く関わっているということは知らされていますよ。何やら一回戦では大波乱があったとか」

いわば一番の泥被りになるはずの男は、それでも余裕の笑みを崩さない。

身なりの良さから相当な金銭を受け取っていて、彼もそれに納得しているといった様子だ。

「どうやらあの病弱で臆病と名高い第三王女のネモフィラ嬢が、第二王子のヒイラギ殿に決闘で勝ったとか？　まさに大金星ですよね」

「……耳がお早いのですね。それと王家の情勢についてもお詳しいようで」

「こう見えても一応勤勉なのですよ。一番金の匂いがするのが王家と上流階級ですからね。その辺りの情報は逐一把握するようにはしております」

金という言葉を発した瞬間、奴の頬が一段と緩んだように見えた。

貪欲さの影を垣間見て、ミンティは密かに恐ろしい気持ちになる。

自分はただの使用人ではあるが、一応王家の関係者でもある。

そんな者を監禁しているだけでも重罰に当たるというのに、余裕の笑みを崩さない理由がようやくわかった。

底知れない金への欲求。大金さえ手に入れれば罪の重さなど関係ないと思っているのだ。

「それにしても意外でしたね。あのネモフィラ嬢が、『箱庭師』のヒイラギ殿を圧倒できるほど強くなっているとは。お噂では地方の田舎町に武者修行に行っていたと聞きましたが、そこで何かがあったのですかね？」

茶髪の男はこちらを探るような視線を送ってくる。

どうやら育て屋ロゼについては知られていないようだ。

そのことだけはよかったと思い、何も喋らずにいると、奴は肩をすくめて笑う。

「……まあそれはいいですか。ともあれここまでの快進撃をしたネモフィラ嬢ですが、その頑張りもここまででしょう。何せ次の相手はあの第一王子のクロッカス殿なんですから」

「クロッカス様が勝つことを疑っていないのですね」

「当然でしょう。あの方は世界に二人といない希少天職の『触媒師』様ですよ。私は別にあの方の派閥でも支持者でもないですが、実力のほどは数多く耳にしております。たとえネモフィラ嬢がどれほど強くなっていようと関係はありません」

実際に継承戦を見ていないのか、クロッカスの勝利を確信している様子だ。

話に聞いただけではそう思うのも仕方がないだろう。

ネモフィラがどれほど強くなったのかは、先日の戦いを直に見た者しかわからない。

「というか、逆にお聞きしますが、〝まさか〟あなたはネモフィラ嬢が勝つと思っているのですか？」

「……どういう意味でしょうか？」

「うーん、私の想像力が欠如しているのでしたら申し訳ございません。あの〝おつむの足りていない〟ネモフィラ嬢に、この国の王様が務まるとはとても思えないのですが？」

「……」

自分の主を侮辱される発言。

ミンティの胸中に燃えるような何かが灯る。

その気持ちを逆撫でするように、男は嘲笑交じりに続けた。

「誰が国王になるべきかは、私程度の下民ではとても口にすることはできません。ただネモフィラ嬢だけは王たる器ではないと断言できますよ」

「……どうして、でしょうか」

「彼女には知性やカリスマ性をまるで感じない。以前にお姿を拝見させていただきましたが、お噂通りの泣き虫で弱虫のお子様ではないですか」

人知れず小さな拳を握り込むミンティの前で、男はさらに続ける。

「愛想の欠片《かけら》もなく、親族からの期待も薄い。これが一国を統治する王の器だとはとても思えません。誰も彼女が勝つことを望んでいないでしょう。私としても身を置いている国の王が、あのような〝デカブツ人形〟では恥ずかしくなってしまいますよ」

犯人を刺激することはしてはいけない。それは頭では理解している。

金のために平気で犯罪行為に手を貸す危険な連中だ。

そんな者たちの戯言《たわごと》など流してしまえばいい。

しかし、敬愛する主人を貶《けな》されて、ミンティは黙っていることができなかった。

「……お嬢様は、負けません」

「……なんですか？」

「お嬢様は、クロッカス様には負けません……！　お嬢様こそが、次代のコンポスト王国を牽引するに相応《ふさわ》しいお方です……！　あなたが仰っていることは間違っております！」

久しく出していなかった叫び声。

よもやこのような場所と状況で出すことになるとは思いもしなかった。

それを聞いた青年は、ピタッと動きを止めて、次第に笑みを消していく。

やがて無表情で椅子から立ち上がり、こちらに近づいてきた。

パンッ！

奴の右手が閃《ひらめ》いたかと思うと、自分の左頬に焼けつくような痛みが走った。

「くっ……うっ……！」

「詳しい事情は聞いておりませんが、あなたは継承戦の行方《ゆくえ》に関わる重要な人物だと伺っております。それをご自分でもわかっているご様子。しかしだからといって、無傷で帰してもらえると思っているのなら大間違いですよ」

叩かれた頬の痛みに苦しんでいると、男は座り込んでいる自分と目線を合わせて、顎をぐっと持ち上げてきた。

「あまり騒ぐようなら死なない程度に痛めつけることも許されているのです。だから高を括《くく》っての軽率な発言は控えておいた方がいい。負け惜しみがこぼれる気持ちは察しますが、あまり私たちを刺激しないことだ」

「……」

頬が痛い。

滅多に味わうことのない痛みに、ミンティは恐怖を覚えて言葉を失くす。

だが、それ以上に主人を侮辱された怒りが、彼の口を自然と動かした。

「負け惜しみ、などではございません。これは紛れもない事実です」

「……ほう」

「お嬢様こそ、次期国王に最も相応しいお方です。大勢の方々に認めていただける才覚が、あの方にはございます」

「うーん、とてもそのようには見えませんけどね。知性やカリスマ性の話で言えば、クロッカス殿やヒイラギ殿の足元にも及んでいない。下手をすれば、まだ私の方が王の器に近いのではないですか」

茶髪の男はネモフィラを嘲笑《あざわら》うように挑発をしてくる。

これ以上は控えておいた方がいい。そうわかってはいるものの、ミンティは我知らず言葉を返していた。

「確かにあなたの言うように、お嬢様には未熟なところがあるかもしれません。ですが……」

目の前の男を睨《にら》みつけて、せめてもの抵抗を試みた。

「品性なら、あなたよりも格段に上かと」

「……どうやら訓練用の木偶《でく》になるのがお望みと見えますね」

瞬間、再び鋭い張り手が左頬に飛んできた。

その衝撃で体が横に倒れる。

奴はすかさず立ち上がり、そこに容赦のない蹴りを入れてきた。

一撃のみにとどまらず、顔と腹に何度も痛みが走る。

「こんな目に遭って、あなたも災難でしたね！　あんな頭の足りていない主人についてしまったばかりに！　こうして痛い目を見ることになったのですから！」

「うっ……ぐっ……！」

絶え間ない痛みに苦しみながら、ミンティは心の中で首を横に振る。

違う。不幸だなんて思ったことは一度もない。

自分はネモフィラの従者になれてとても幸せだ。

エルフの里への食糧供給が安定したというのもそうだが、単純にネモフィラと過ごす毎日を楽しいと思っている。

愛想がないなど言われることも多々あるけれど、あの人の優しさを自分は知っている。

『これ、ミンティにあげる。この花、好きって言ってたから』

『あんまり、上手じゃないかもだけど、ミンティの手袋編んでみた。この時季、寒そうにしてたから』

『私が王様になって、エルフ族を助ける。ミンティが暮らしやすい国を、作ってあげたいから』

立派な国王になるのに、ネモフィラにはまだまだ足りないものが多いのは事実だが。

彼女は誰よりも他人思いで、優しい心を持っている。

それだけは他の誰にも負けていない。

「わたくしの主人様こそ、次期国王に最も相応しいお方です！　あなたは何もわかっておりません！」

「……この状況でまだ吠えますか。口の減らないガキは痛い目に遭わないとわからないみたいですね」

男は蹴る足を止めて、隣に置いてあった角張った〝椅子〟を持ち上げる。

そして両腕に力を込めて、それを全力で振り上げた。

……後悔は、していない。

自分は正しいことを言っただけなのだから。

間違っているのは、この男の方だ。

「自身の軽率な発言と愚かさを、心の底から後悔してください!!!」

「――っ！」

痛みを覚悟して、ミンティは目を閉じた。

刹那――


「お前がな」

見えない誰かの声が、部屋の中に響き渡った。

反射的に目を開くと、茶髪の男が不自然な体勢で固まっているのが見えた。

まるで何かに〝取り押さえられている〟ような様子。

やがて奴の後方で、陽炎《かげろう》のように景色が歪み、何もない空間から滲み出るように誰かが姿を現した。

素朴な黒いコートと白いシャツを着た、銀色の髪の青年。

「ロ、ロゼ様……！」

驚くミンティをよそに、ロゼは茶髪の男を取り押さえながら右手を閃かせる。

左手で男の口を塞ぎつつ、右手のナイフで男の首元を手際よく撫でた。

「……っ！　……っ!!!」

首に〝浅い切り傷〟を刻まれた男は、椅子を取り落とし、しばらく声を上げようとしてもがいた。

しかしそれもままならず、やがて白目を剥《む》いて静かになる。

直後、完全に意識を失って、力なく地面に倒れてしまった。

何が起きたのかわからずに放心していると、意識を現実に引き戻してくれるように、ロゼが言った。

「お待たせ、ミンティ」

◇

ミンティは、突然現れた僕を見て、口を開けて固まっていた。

そんな彼の衣服は泥まみれになり、顔や体は傷だらけになっている。

遅くなってしまったことを申し訳なく思っていると、ようやく彼は声を発した。

「ど、どうやってここに……？　何もないところから、ロゼ様が現れたように見えたのですが……？」

僕は外の敵たちに気付かれないよう、声を落として簡単に説明した。

「支援魔法の【気配遮断《ハイド》】だよ。姿を薄めることができて、激しい動きをしなきゃ完全に姿を消したまま行動ができるんだ」

「そ、それで突然目の前に……」

ミンティは納得したように頷いた。

この魔法があったから、僕は外の敵にも気付かれずにこの最下層の部屋まで辿り着けたのだ。

ここに倒れている茶髪の男も、ミンティの方に集中していたため小部屋にもこっそりと侵入できた。

しかし予想以上に多くの兵士が潜んでいたため、ここに来るまでに相当な時間が掛かってしまった。

この地下遺跡そのものも王都から離れた場所にあったし、ミンティから大方の居場所を聞いていたとはいえ見つけづらかったし。

「本当に遅くなってごめん。僕がもっと早ければ、こんなことには……」

「い、いいえ。来ていただけただけでもとてもありがたいです」

ミンティの手足を拘束していた縄を切り、手を貸して立ち上がらせてあげる。

すると彼は傍らに倒れている男を見て、心配そうに尋ねてきた。

「い、生きているのですよね？　〝毒〟か何かでしょうか？」

「うん。冒険者として犯罪者集団と戦うことも多かったからさ、その時に使っていた方法を取らせてもらった」

僕は右手のナイフを指し示す。

「このナイフには『疫虎《ペスティガ》』っていう魔獣の唾液を塗ってある。それが即効性の神経毒になって、程度によって人を眠らせることができるんだよ。場合によっては呼吸困難や幻覚作用などを引き起こすこともあるみたいだけど、どうやら大丈夫そうだね」

【神眼】のスキルで天啓を見た限り、この男は〝頑強〟の数値があまり高くなかった。

そういった人たちは、毒や呪いに対する抵抗力が弱いので、こうした毒物による無力化が有効だ。

王城に入る際に危険物などの手荷物はすべて預けてしまったが、城を出る時に返してもらっておいてよかった。

「しばらくは起き上がらないと思うから、その隙にこっそりと脱出しよう。ミンティにも『気配遮断』を使って、僕が背負いながら動くから」

「は、はい。よろしくお願いいたします」

ミンティにも気配遮断を掛けて背負ってあげる。

そして静かに扉を開けて、茶髪の男が眠る小部屋を後にした。

現在は最下層にあたる三階層にいる。

周りにはミンティを監禁していた犯罪者集団。

ここから地上まではかなり時間が掛かるけれど、抜き足差し足でこっそりと脱出する方が安全だ。

もう継承戦まで時間がないので、急ぎたいのは山々だが、そこはぐっと堪えてゆっくりと歩く。

冷や汗を滲ませながら慎重に足を進めて、敵の横を静かに抜けていった。

それをいくらか繰り返して、なんとか僕とミンティは二階層の開けた空間まで辿り着いた。

……あと少し。

そんな気の緩みを、的確に突くかのように――

「――っ⁉」

唐突に後方から刺すような殺気を感じた。

気配遮断が切れることも構わず、僕は咄嗟《とっさ》にその場から飛び退《の》く。

瞬間、僕が立っていた場所に無骨な大剣が叩き下ろされた。

間一髪で直撃を免れて、僕とミンティは冷や汗を流しながらそちらを見る。

こちらの位置を察知し、的確に大剣を振り下ろして来たのは、先刻すれ違ったばかりの男性兵士だった。

なんで僕たちがいる場所がわかったんだ？　そもそも気配を気取られること自体あり得ないというのに……

「何をそんなに驚いているのですか？」

「……っ⁉」

その喋り方に、僕とミンティは揃って息を飲む。

剣を振り下ろして来た男は、ゆっくりと顔を上げて、不気味な笑みをこちらに向けて来た。

意味深なその笑みと、独特な雰囲気を感じて、僕は鋭い視線を返す。

「お前、さっきの〝茶髪の男〟だな」

「ほう、そう思う根拠は？」

「『魂操師』。特定の人物に憑依《ひょうい》したり、魔獣の魂を自分の魂と混ぜて能力を模倣する天職、だろ。意識を失う寸前で能力を発動していたんだな」

「……やはり、あなたには色々と見えているみたいですね」

男性兵士はさらに笑みを深めて笑い声を漏らす。

目の前にいるこの兵士は、先ほど僕が倒した茶髪の男だ。

正確には、現在あの男の魂がこの兵士の中に入っている状態である。

あの茶髪の男の天職は『魂操師』と言い、条件を満たした人物に憑依することができる。

また、倒した魔獣の魂を体内に保管して、一度きりに限り、自分の魂と混ぜて能力を模倣することができるらしい。

どうやら奴は、僕の毒を受けて意識を失う直前に、仲間の一人に憑依していたみたいだ。

天職を見た時に少し嫌な予感はしたが、なんとも手際のいい奴である。

「手心など加えず、容赦なく私を殺しておくべきでしたね。そうすればこうして見つからずに済んだのに」

「生憎《あいにく》、まだ人を殺したことがないもんでね。……ところで、どうして僕たちのいる場所がわかったんだ？」

「簡単なことですよ。地下遺跡を出るには今の通路を通らなければならない。ですのでこの兵士に憑依して、〝鼻〟を頼りにあなたを待っていたんです。私の体を押さえつけていたあなたには、たっぷりと私の香水の香りが染みついていますからね」

「……ご丁寧にどうも」

確かにさっきから何か臭うと思ったけれど。

まさかあの男の香水が移っていたとは思わなかった。

という説明をわざわざしてくれたのは、勝機からくる余裕があるからだろうか。

「まさか兵士の一人にも気付かれずに部屋までやって来る人物がいるとは思いませんでしたよ。私を倒した手際もお見事です。しかし、この戦いに勝つのは私たちのようですね」

その声を合図にするように、広場の前後の通りから大勢の兵士たちが押しかけてきた。

すでに仲間を招集していたらしい。

周囲を敵に囲まれた僕は、ミンティを背負いながらナイフを構える。

「バルダンさん、こいつが侵入者ですか？」

「あぁ、ガキの方は人質として捕らえろ。男の生死は問わない」

直後、さっそく一人の兵士が斬りかかって来た。

僕は背中のミンティを気遣いながら、その一撃をナイフでいなす。

だが、立て続けに別の奴が大槍を突いてきて、僕は慌てて横に飛んだ。

「【敏捷強化《アクセル》】！」

支援魔法で敏捷力を上げるが、槍の先端が僅かに衣服を掠《かす》める。

「くっ……！」

「その使用人を守りながらどこまで戦えますかね！」

バルダンと呼ばれた男は兵士たちの後方で高笑いを上げながら、翻弄される僕を見て楽しんでいた。

なんとか突破口を開いて脱出するしかない。

「【筋力強化《ブースト》】！　【耐性強化《レジスト》】！」

僕は戦闘用の支援魔法を可能な限り自分に掛けて、視界に映る兵士に手当たり次第にナイフを振った。

ミンティを抱えながら戦うのは確かに至難だけど、敵の数を減らして強引に出入り口を突破することはできるかもしれない。

広場の出入り口はとっくに塞がれてしまったが、僅かな隙間を作るくらいはたぶんできるはずだ。

そして外に出れさえすれば、森の木々に紛れながら僕の足で振り切れる。

「はあっ！」

幸いにも兵士一人一人の戦闘能力は際立って高いというわけではなく、支援魔法込みの僕なら充分に倒せるほどだった。

向こうも突然の僕の戦闘能力の変化について来れていないようで、激しく戸惑った様子を見せている。

「きゅ、急になんだこいつ⁉」

「いきなり力強くなりやがった！」

「狼狽《うろた》えるな！　ガキ一人背負ったままじゃろくに戦えねえよ！」

その声掛けに数人の兵士が武器を構えて、一斉に僕の元にやって来る。

振り下ろされた剣を紙一重で躱《かわ》し、突き出された槍をナイフでいなしながら、兵士に肉薄して腕を斬りつける。

それを何度か繰り返しているうちに、疫虎の毒によって何人かの兵士たちが地面に倒れた。

怒りを覚えた他の兵士たちが、さらに前のめりになって僕に斬りかかって来る。

「――っ！」

その時、出入り口に微かに隙間ができた。

その隙を僕は見逃さない。

鋭く息を吐き、弾《はじ》くようにして床を蹴飛ばした。

「なっ――⁉」

見る間に兵士たちの包囲を掻《か》い潜《くぐ》り、一息に出入り口の方へと駆け抜ける。

バルダンを含めた全兵士たちが驚愕する中、僕はミンティを抱えたまま上層に向けて足を動かし続けた。

「ミンティ！　怪我ないか⁉」

「だ、大丈夫です……！」

ミンティの無事を確認しながら地下遺跡を走り続ける。

正直あの包囲を、二人無傷で切り抜けられたのは奇跡だ。

こんなところで足止めを食らっている場合ではないから、何事もなく突破できて本当によかった。

二階層の広間に兵士が集まっていたからか、それから敵と遭遇することなく一階層へ辿り着く。

そして程なくして外の光が見えてきて、それを全身に浴びるように僕とミンティは勢いよく地下遺跡から飛び出した。

「アハッ！」

「――っ⁉」

刹那、側頭部に激痛が走る。

その衝撃で地面に叩きつけられて、ミンティもろとも芝生の上を転がった。

出入り口の陰に隠れるように立っていた人物が、棍棒のようなものを振り上げながら不敵に笑う。

「残念でしたね、侵入者さん」

「お前、さっきの……！」

見覚えのない黒髪の巨漢。

けれど今の喋り方と迸《ほとばし》る雰囲気から、先ほどの『魂操師』バルダンの魂が入っていると直感できる。

また別の兵士に魂を移して、僕とミンティのことを待ち伏せていたのか。

先ほどの戦いの疲労と、脱出による気の緩みが、僅かな油断を作ってしまった。

かなり強烈な一撃をもらってしまい、おまけにぼやけた視界に、先刻見た人数の倍以上の兵士たちが映っている。

「万が一を考えて、ちゃんと外にも兵士たちを配置しておりました。まさか本当にあの包囲を抜けられるとは思いませんでしたけど、これで今度こそおしまいです」

「く……そっ……！」

奴は再び棍棒を振り上げて襲いかかって来て、僕は頭の痛みを堪えながらなんとか立ち上がる。

ミンティを背に庇《かば》いながら、棍棒の一振りを腕でいなして男を蹴飛ばした。

しかし僅かに後ろに押し返しただけで、ほとんどダメージはない。

先ほどの一撃が相当効いているせいで力が入らなかったのだ。

この状態で戦うのは、さすがにきつい。

しかもこの人数だ。なんとかミンティだけでも逃がしてあげる方法はないだろうか。

思わず唇を噛み締めていると、バルダンは大勢の兵士たちを背後に立たせながら笑みをたたえた。

「潔くそこのガキを渡していただけるのでしたら楽に殺して差し上げますよ。うちの連中は血の気も多いので、痛い目を見たくなければそうした方が利口かと」

……ミンティを渡す？

生憎、頭を打たれて思考力も低下している中でも、そんな選択肢だけは脳裏によぎることはなかった。

この状態のまま、最悪とも言えるこの劣勢を覆してみせる。

そうできなかったとしても、せめてミンティだけはこの場から逃がして、ネモフィラさんの所に帰してあげるんだ。

それが育て屋として依頼を受けた僕の……最低限の務めだから。

「ミンティは渡さない。この人は必ずネモフィラさんの所まで帰してみせる」

「ロゼ様……」

「どうやらあなたも訓練用の木偶になるのがお望みの被虐趣味者のようですね。でしたら遠慮はいたしません」

バルダンは棍棒を指揮棒のように扱って、後ろの集団に号令を出した。

「お前たち、そこの男を殺せッ！」

それを合図に、一斉に兵士たちが武器を構えて襲いかかって来る。

僕は傷の痛みにも構わずに、命をなげうつ覚悟で、敵の集団に真っ向から立ち向かって行った。

たとえ死んでも、ミンティだけは守り抜いてみせる！


「【流星《メテオ》】！」


刹那――

僕と兵士たちの間に、巨大な隕石《いんせき》が落下した。

「えっ？」

視界が岩肌に覆い尽くされて、直後に強烈な地響きと突風が襲いかかってくる。

間近に立っていた兵士たちが吹き飛ばされて、僕もあまりの衝撃に顔を覆っていると、いつの間にか岩石の上に何者かが佇んでいた。

二つの人影。というか、片方がもう片方をお姫様抱っこのような形で抱えている、そんな二人組。

視線の先に赤髪と黒髪が揺れるのを見て、僕は思わず目を見開いた。

「間に合ったみたいですね、コスモスさん」

「ええ、あなたが飛ばしてくれたおかげよ、ローズ」

見慣れた華奢な姿と、聞き慣れた幼げな声。

戦乙女ローズ。星屑師《ほしくずし》コスモス。

二人の姿を見た僕は、驚愕を覚えると同時に、つい笑い声を出してしまいそうになった。

「……まさか、本当に〝間に合う〟なんてね」

心のどこかで薄々期待はしていたが、叶《かな》うことはないだろうと思っていた展開。

それが規格外の存在のおかげで実現されて、僕は自然と笑みを釣られる。

なぜ、ローズとコスモスがここにいるのか。

その理由は今朝、僕がミンティにとあるお願いをしていたからだ。

『体力に余裕があったらでいいんだけど、念のためにさ、ヒューマスの町にいるローズとコスモスに応援を頼んでもらえないかな？』

誘拐犯の素性も規模もまるでわからなかった僕は、一人だけでミンティを助けられる自信がなかった。

だから念のために、僕が頼れる中で戦闘能力が高く、継承戦の事情を知っている人物に声を掛けることにしたのだ。

もし時間に余裕があったら、攫われたミンティを助けに来てくれないかと。

ヒューマスの町から馬車で四日かかる距離ではあったが、ローズの脚力と持久力があればもしかしたら間に合うのではないかと考えた。

おまけにコスモスの殲滅《せんめつ》力があれば、敵集団が軍隊規模の戦力を有しているとしても、攻め落とすことは容易《たやす》くなると思った。

だから念のために二人を呼んだのだけど、本当に大正解だったな。

でも正直、たった数時間で二人揃ってここまで来てくれるとは思わなかった。

「な、なんだ、こいつら……？」

「この岩は、いったいどこから……」

兵士たちだけでなく、念話で連絡をとっていたはずのミンティも驚いた様子で彼女たちを見上げている。

その視線を浴びながら、コスモスを抱えたローズが岩石の上から下りて来て、僕たちに眩《まぶ》しい笑顔を見せてきた。

「お待たせしました、ロゼさん、ミンティさん」

「いや、待つどころか驚かされてるよ。どんな脚力してるんだよ、本当に」

「か、駆けつけて来ていただいて、本当にありがとうございます」

「いえ、お役に立てたのならよかったです」

ローズがニコッと微笑みながらコスモスを下ろすと、コスモスがローズを見上げながら地団駄を踏んだ。

「ていうかあんた、足速すぎるのよ！　ちょっとは手加減しなさいよ！」

「えぇ⁉　さっきそのおかげで間に合ったって言ってくれたような……」

「抱えられてるこっちはめちゃくちゃ怖かったんだからね！」

先刻までの殺伐とした雰囲気が嘘のように、微笑ましいやり取りが目の前で繰り広げられる。

それをほっとしながら見守っていると、バルダンの魂が入っている黒髪の巨漢が、こちらを見て顔をしかめた。

「ガキが二人増えただけで、何をそんなに安堵しているんですか？　状況はまったく変わっておりませんよ」

二人の登場で戸惑っていた誘拐集団は、再び気を持ち直して武器を構えていた。

状況は変わっていない、か。

傍目《はため》からしたらそう見えるかもしれないが、この戦いはすでに〝終局《つ》〟していると断言できる。

僕のその心の声に応えてくれるように、コスモスがため息を吐きながら前に出た。

「ローズ、あんた走って疲れてるでしょ？　私が一人で片付けてやるわよ」

「えっ？　でも、コスモスさん軽かったので、まったく疲れていませんよ」

「八時間走りっぱなしだった方を心配してんのよ！」

微笑ましいやり取りが続けられて、どんどんと緊張感が朧《おぼろ》げになっていく。

ていうか、たった八時間でここまで来たんだ。

さすがは身体能力の怪物——戦乙女である。

それと同じくらい怪物的な戦闘能力を有している星屑師が、戦場に聞き慣れた式句を響かせた。

「【キラキラの笑顔——ドキドキしたこの気持ち——輝けわたしの一番星】」

当然幼げなその式句に、誘拐集団は吹き出すような笑い声を上げる。

ミンティも戸惑ったように視線を泳がせていた。

「殺せ、お前たち！」

そこに、バルダンの声が響き、武装兵たちが一気に押し寄せて来るが……

コスモスはまるで動じることなく、前方に杖を向けた。

「【高速流星群《レグルス》】！」

瞬間、杖の先に巨大な魔法陣が展開される。

そこから人の頭ほどの大きさの岩が射出されて、兵士たちの方に飛翔した。

コスモスお得意の【流星】に比べたら、破壊力が乏しいように見える中途半端な岩石。

しかしそれは豪雨のように魔法陣から〝大量〟に連発されて、加えて目にも留まらぬ弾速で兵士たちに襲いかかった。

「「「ぐあああああっ!!!」」」

岩の大きさは人の頭ほどだが、それが超高速で無数に放たれたとしたら、武装した兵士たちでも受け切ることはできない。

まさに高速の流星群をその身に受けた奴らは、遥か後方へ吹き飛んで地面に転がっていた。

一瞬の出来事である。

「はい、おしまい」

「……」

驚異的な殲滅を見せたコスモスは、気怠《けだる》げに肩をすくめていた。

今の魔法は……

「【高速流星《リゲル》】の進化版、みたいな感じか？」

「そっ。速度特化の【高速流星】を連発できる【高速流星群】っていう魔法。最近覚えたのよ」

またとんでもない魔法を覚えてしまったものだと密かに戦慄《せんりつ》する。

一発だけでも相当な凶器になっていた【高速流星】を、よもや連発できる魔法を習得してしまうとは。

まあ、【流星】を直接ぶち当てたら死なせてしまうだろうから、こういう対人戦闘に適切な魔法を覚えられたのはいいことだな。

「こ、こんなに、お強い方だったのですか……」

初めてコスモスの実力を目の当たりにしたミンティは、壊滅した誘拐集団を見て声を震わせている。

その言葉を受けて多少得意げになったコスモスは、倒れているバルダンの前に歩み寄って蔑むように見下ろした。

「潔く身を引けばこのまま見逃してあげるわよ。これ以上痛い目を見たくなかったら、そうした方が利口じゃないかしら？」

「ぐっ……うぅ……！」

そっくりそのまま先ほどの言葉を返されたバルダンは、憤りで顔を歪めながらおもむろに立ち上がる。

体をふらつかせながらも棍棒を手に取り、コスモスに殴りかかるべく腕を振り上げた。

「な、舐《な》めるなよ、ガキ共がァ……！　使用人を渡せば、楽に殺してやろうと思ったが、お前たちは殴殺《おうさつ》確定だァ！」

直後、地面を蹴り、コスモスの小さな頭に棍棒を振り下ろそうとする。

「う、らあああぁぁぁ!!!」

利那――

トンッ。

いつの間にか、バルダンの後ろに立っていたローズが、彼の首筋に鋭い手刀を入れていた。

振り上げた棍棒は虚しく手元からこぼれて、バルダンもろとも地面に転がる。

「これで、静かになりましたね」

「【浮遊流星《アルタイル》】使ってるから別に大丈夫だったわよ。でもま、ありがとローズ」

二人の登場から、僅か数分。

僕とミンティを取り囲んでいた悪党どもは、規格外の才能たちによって全員地面に伏せられていた。

凄《すさ》まじい光景を目の当たりにして、ミンティ共々言葉を失う。

やっぱりこの二人、常識外れに強い。

「あの、ロゼさん。ミンティさんもこうして無事にお助けできましたので、ネモフィラさんにご連絡とかした方が……」

「えっ？　あ、あぁ、そうだね。ミンティ、すぐにネモフィラさんに思念伝達で……」

「申し訳ございません。すでに精神疲労が激しく、しばらく思念伝達が使えなくて……」

「……そ、そっか」

エルフ族が扱える思念伝達の能力。

体力や精神力を相当使う力で、今のミンティではネモフィラさんに連絡をとることができないらしい。

誘拐集団のリーダーと思《おぼ》しきバルダンからかなり暴行を受けたようだし、遠方にいるローズとコスモスにも念話をしてもらったから。

「それなら直接無事な姿を見せてあげよう。たぶんその方がネモフィラさんも安心するだろうし」

「は、はい！」

ということになり、僕たちは急いで王都チェルノーゼムへと戻ることにした。

早く戻ってネモフィラさんにミンティの無事を伝えなくちゃ。

彼女は今、ミンティを人質にとられているせいで、弱体化の魔法道具を付けさせられたまま継承戦に出場しているはずだから。

僕かローズがミンティを背負って駆け抜けた方が速いかと思い、それを提案しようとすると……

「――っ⁉」

周囲から、また新たな刺客たちがこちらに向かって来ているのが見えた。

誘拐集団の残党だろうか。

さらに地下遺跡のある後方からも、先ほど二階層に残してきた仲間たちがやって来る。

そのうちの一人、バルダンの魂が入っていた男性兵士と再び視線がぶつかり、奴は不気味な笑みを浮かべた。

「ここから逃がすとお思いですか！」

「あいつもしつこいな……！」

また魂を移して仲間の一人に憑依したのか。

必ず自分の手で僕たちを捕まえるという悍《おぞ》ましい執念を感じる。

戦場に再び緊張感が迸り、僕たちはそれぞれ武器を構えた。

第六章　王の器

「それではこれより、継承戦二日目、第二回戦を執り行う」

王城の中庭には、昨日と同様、多くの上流階級の人間たちが観客として集まっていた。

昨日の一回戦で周囲を驚愕させたネモフィラは、中庭に立ちながら好奇の視線を集めている。

一方で、目の前に佇む紫髪の長身男は、いやらしい笑みを浮かべてネモフィラを見ていた。

「第一王子のクロッカス、第三王女のネモフィラ、両者は中庭の中央へ」

継承戦の審判である国王カプシーヌが宣言すると、ネモフィラとクロッカスはお互いに中庭の中心へと歩いて行く。

短く切り揃えられた紫色の髪。同色の鋭い瞳と左眼の片眼鏡。

長身のこちらよりもさらに僅《わず》かに目線が高く、こちらとは違って落ち着いた表情をしている。

こうしてしっかりと対面するのは、なんだか久々に感じる。

そのせいもあり、ネモフィラは緊張感に包まれながら手の先まで冷たくしていた。

「今日は剣と盾を持って来たのだな」

「……」

クロッカスは細い目でこちらの所持品を確認して、意味ありげな笑みを浮かべる。

ネモフィラは現在、恩恵の大部分を封じられているため、ささやかながらの武装をしている。

ゆえに『いったい誰のせいだ』と返したくなるけれど、それよりもネモフィラはしっかりと決まりを守っていることをクロッカスに伝えた。

右手を掲げて、そこに付けた指輪を見せつける。

「これで、いいでしょ」

誘拐犯の言うことにきちんと従っていることを示すと、クロッカスは僅かに笑みを深めた気がした。

「何のことかなそれは？　随分と趣味のいい指輪を付けているみたいだが、色気付くにはまだ少し早いんじゃないか？」

「……」

当然、奴は惚《とぼ》ける。

自分からは何も指示していないと、いつでも言い逃れができるようにしているのだ。

この指輪のせいで、こちらが今どんな苦しみを味わっているのかも知っているくせに。

体が重たい。胸が苦しい。全身を針で突き刺されているような痛みも感じる。

神様から受けている恩恵を無理矢理に遮断しているせいで、体に何らかの異変が起きているようだ。

気を抜けば、今にでも倒れてしまいそうだった。

（…………でも）

ネモフィラはそれらのすべてを堪《こら》えて、力強く剣と大盾を構えた。

たとえこんな状態だとしても、この戦いに勝ってみせる。

指輪を付けたまま勝てば、ミンティも無事に帰ってきて、国王になるという目的を果たすこともできるから。

何も難しいことはない。むしろ単純明快だ。

「それでは、始め！」

ネモフィラは鉛のように重たい体を動かして、懸命にクロッカスに斬りかかった。

お世辞にも素早いとは言えない一撃。

当然そんなものはクロッカスに容易《たやす》く躱《かわ》されてしまう。

しかしめげずに追撃に向かうと、今度は近寄らせてもくれなかった。

「……っ！」

クロッカスが右手を構えると、そこに嵌《は》められた多くの装飾品のうち、緑色の指輪が妖しく光る。

「【風刃《スパーダ》】」

瞬間、どこからか一陣の烈風が吹き抜けて、ネモフィラの肉体を鋭く切り裂いた。

腕や脚に切り傷を刻まれたネモフィラは、声にならない声を漏らして後ろによろめく。

傷は深いというわけではない。紙で指を深めに切ったくらいの軽傷だ。

でも……

（…………痛い！）

涙が滲《にじ》むほど痛かった。

久々に味わう確かな〝痛み〟。

ロゼに強くしてもらってからは、類稀《たぐいまれ》なる恩恵値の高さによって痛みなんてほとんど感じてこなかった。

それだけではなく、これまでネモフィラは痛みとは無縁の生活を送ってきた。

いつも誰かが守ってくれていたから。

だから涙が出るほどの激痛を感じるのは、幼い頃に盛大に転んでしまった以来かもしれない。

「随分と苦しそうだなネモフィラ。継承戦はまだ始まったばかりだぞ」

「ぐっ……！」

昨日の一回戦で驚異の戦いぶりを見せたネモフィラが、たった一撃で苦しめられている。

そこに不審さを抱く者はほとんどおらず、多くの観客たちが揃って感嘆の声を上げていた。

「昨日、あのヒイラギ様を圧倒したネモフィラ様が……」

「たった一撃で、あれほどの傷を……！」

一方で、姉のクレマチスや国王のカプシーヌは、一瞬だけ眉を寄せる。

あの聡明なクレマチスが、自分の異変に気が付いていないわけがない。

しかし決闘が始まった手前、無理に横槍を入れてくることはなかった。

こちらとしてもクレマチスに気付かれた時点で、他言したと見做《みな》される可能性もある。

誰にも異変に気付かれずに、目の前のクロッカスに勝たなくてはいけないのだ。

「……っ！」

ネモフィラは涙を振り払って、同時に弱気な心を捨て去る。

次いで剣を持った左手を前に出して、心の中で唱えた。

手痛いダメージは負った。でもこのおかげで、〝あれ〟の発動条件を満たした。

（【判定《ジャッジメント》】――【不敬罪《ネメシス》】！）

こちらを攻撃してきた者に、衰弱の呪いを掛ける反撃の力。

その条件を満たしたクロッカスに、『姫騎士』のそのスキルを発動させた。

だが……。

「……なんだその手は？　何も起きていないぞ？」

「――っ⁉」

スキルが、発動しない？　起動した手応えをまったく感じなかった。

条件を満たしているはずなのに、なぜ『判定』が機能しないのだろうか。

「もしかして、スキルも……？」

恩恵だけじゃない。

誘拐犯に渡されたこの指輪には、スキルも封じる効果が宿されていたのだ。

僅かばかりだが恩恵の力が生きているので、スキルはなんとか発動できると思ったのだが。

「【炎爪《バンネール》】」

想定外の事態に立ち尽くしていると、目の前から三つの炎が、地面を走るように迫ってきた。

獣が地面を引っ掻《か》くような軌跡を描いて、真っ赤な炎がうねる。

ネモフィラは咄嗟《とっさ》に大盾を構えて、火炎の鉤爪《かぎづめ》を受け止めた。

「……つっ！」

あまりの衝撃に吹き飛ばされそうになってしまう。

それを堪えることはできたが、盾の向こう側から熱が回り込んできて、ネモフィラの肌身を焼いてきた。

猛烈に熱い。

本来の頑強値さえあれば〝ぬるい〟程度にしか感じないトロ火も、今のネモフィラには凶悪な火炎に見えてしまった。

「いったいどうしたというのだネモフィラ？　昨日はあれだけ観客を沸かせていたというのに、ヒイラギに勝ったのもまさか偶然だったのか？」

盾を退《ど》けて前を見ると、クロッカスが憎らしい笑みをその頬に浮かべていた。

「田舎町に引っ込んで力を付けたと聞いたが、やはりお前は王の器には相応《ふさわ》しくなかったようだな。結果もすでに見えているじゃないか」

「……そんなの、やってみなきゃわからない」

「わかるさ。実力だけの話ではない。私とお前ではそもそもの志が違いすぎる。ネモフィラが王になりたいと思う理由は何かな？」

まるで、皆の前で発表してみろと言わんばかりの挑発である。

それに乗ってやる義理はまったくなかったが、自分の夢を否定されたみたいでネモフィラは意地になった。

「従者のミンティのため。ミンティが暮らしやすい国を、作ってあげるため……」

「なるほどなるほど。確かにそれは殊勝な心掛けだ。従者を持つ主人の鑑《かがみ》だと言っていい。だが、一国を治めるべき王としては……あまりにも〝幼稚〟すぎる」

クロッカスはまるで心のこもっていない拍手を何度か繰り返すと、観客たちがいる二階席に顔を向けた。

そして志を示す機会として、大手を広げながらここぞとばかりに大声を上げる。

「国王とは！　一つの国を背負って国民を牽引していかなければならない存在だ！　それだというのにたった一人の従者にうつつを抜かす王がいったいどこにいるというのか！」

傍らでそれを聞くネモフィラは、密かに歯を食いしばる。

この男は国民のためなどではなく自分のために王を目指している。

魔獣の死骸や人間の死体を効率よく集めるために国王という立場を利用しようとしているだけだ。

そしてミンティの同胞であるエルフたちも討伐対象に加えて、その死体を自分の触媒に変えようとしている。

こんな男が国王になるのだけは、絶対に許してはならない。

「私ならばこの国を正しい未来に導くことができる！　たった一人の従者のためではなく、国民一人一人が抱えている不安や問題を取り払い、コンポスト王国に輝かしい光を灯すと約束しよう！」

簡易的な演説に、観客の貴族たちがまばらに拍手を起こしていた。

それを背中に受けながら、クロッカスはこちらを振り向き、再びいやらしい笑みを向けてくる。

すべて、この男の思い通りの展開。

こちらがいくら力を付けたところで、奴の前では無力にも等しい。

これまでの頑張りが、すべて無駄だと言われているみたいだった。

ミンティのために王様を目指したことも、ロゼに強くしてもらったことも。

すべて無駄だと……

「この国を照らす力があることを、今ここで証明してみせよう！」

クロッカスが右手の青指輪を光らせて、魔法を発動させた。

「【水槍《トライデント》】！」

奴の頭上に魔法陣が展開されて、そこから水の大槍が飛来してくる。

ネモフィラは咄嗟に横に飛び、間一髪のところで槍を躱した。

クロッカスは続け様に、左手の紫色の指輪を光らせる。

「【紫雷《ヴァイダー》】！」

あらゆる物体を魔法の触媒として活用する『触媒師』の力を、これでもかというくらい押し出してきた。

弱っているこちらを利用して、可能な限り観客たちに実力を見せつけるらしい。

今の自分でも紙一重で避《よ》けられるほどの、あるいは意識を失わずに受け止め切れるくらいの魔法しか使ってこなかった。

手の平で踊らされているのがわかる。奴が企画した演劇のやられ役にされているのがわかる。

自分はあの男を輝かせるための道具にされているのだ。
（………それ、なら）
それなら、その余裕が生み出す隙を……
「――っ！」
こちらは遠慮なく突くだけだ。
ネモフィラは鋭く息を吐いて、クロッカスに急接近した。
スキルが使えないのなら、自分に残されているのはこの手に持った剣と盾のみ。
心許《こころもと》ない装備ではあるが、奴の慢心を突くことができれば〝勝機〟はある。
咄嗟な接近を試みると、当然クロッカスはそれに対応してきた。
「魔法の合わせ技だ。滅多に見られるものではないぞ」
奴の右手に付けられた指輪が、二つ同時に光を放つ。
「【風刃】！【炎爪】！」
瞬間、猛烈な熱を持った風が、壁になるようにしてクロッカスの前に吹き荒れた。
進路を塞がれたネモフィラは、思わず足を止めて歯噛みする。
鋭く、熱い、熱風の大壁。
これでは先に進めない。
下手に突っ込めば四肢を裂かれて、全身を焼かれてしまう。
熱風の向こうで、クロッカスがニヤけているのが目に映った。

（…………もう、嫌）

嫌だ。もう嫌だ。

痛いのは嫌。熱いのは嫌。苦しいのは嫌。

違う、そんなことではない。

奴の思い通りになるのだけは…………もう絶対に嫌だ！

ネモフィラは、熱風の壁に突っ込んだ。

「なっ――⁉」

ここで初めて、クロッカスの笑みが崩れる。

ネモフィラは大盾を構えながら熱風に飛び込み、その壁を無理矢理にこじ開けようとした。

「くっ……うぅ！」

痛い、熱い、苦しい。

常人ではとても耐えることができない分厚い壁。

でも、大丈夫。

ミンティに渡された大盾が、立派に役目を果たしている。

（ミンティが、守ってくれてる……！）

高品質の大盾によって、ある程度の熱と風を防ぐことができていた。

その盾を前に押し出しながら、熱風の壁を突き進んでいく。

目の前の男に、意地でも食らいつくために。

手足が千切れたとしても……

骨身を焼き尽くされたとしても……

大切な夢を馬鹿にされたとしても……

「私は、勝つんだ！」

ネモフィラは、高熱と風刃の壁を突破した。

「――っ⁉」

すぐ目の前にいるクロッカスが、驚愕したように目を見開く。

こちらが壁を越えてくるとは、まったく予想していなかった表情。

奴の余裕と慢心が生み出した、またとない一瞬の〝隙〟。

ネモフィラは意地だけで、この奇跡を手繰り寄せたのだ。

「は……ああっ！」

力一杯に剣を握り締めたネモフィラは、声にならない叫びと共に刃を振り上げた。

入るっ！　そう思った、その刹那――

クロッカスの、ドス黒い囁《ささや》きが、ネモフィラの耳を打った。

「いいのか？」

「……っ⁉」

ネモフィラは見張った瞳で確かに見る。

クロッカスが左のポケットに手を入れると、そこから青色の小さな〝手袋〟を覗かせた。

ネモフィラが十歳の頃、不慣れながらも手編みで作り、ミンティに贈った思い出の手袋。

瞬間、ネモフィラの心臓が高鳴り、時が止まったように体が固まる。

もしここで剣を振り下ろしたら、ミンティの命が……

「【風刃】！」

「――っ！」

その動揺を突くように、クロッカスが突風を吹かせた。

刃のように鋭い風に襲われて、ネモフィラは傷だらけになって後方に吹き飛ぶ。

耐えがたい痛みに悶《もだ》えていると、クロッカスが邪悪な笑い声を響かせた。

「ハハッ！　甘いんだよネモフィラッ!!!」

手繰り寄せた奇跡の糸が、音を立てて切れたのが聞こえた。

届いたと思った。勝てたと思った。奇跡を手繰り寄せることができたと思った。

でも、違った。

「よく今の魔法を突破してきたものだ。さすがにヒイラギに勝っただけのことはあるな」

すべては目の前にいる男の手の平の上。

奴の思い通りに踊らされているだけだったのだ。

こちらがいくら骨身を削って立ち向かっても、奴に逆らうことはできない。

ネモフィラは中庭の芝生に倒れながら、絶望感に打ちひしがれた。

それでも彼女は、懸命に体を起こす。

「くっ……うぅ！」

傷付いた体を無理矢理に動かして、覚束《おぼつか》ない足取りながらも立ち上がった。

その姿を見た見物人たちは、静かに感嘆の声を漏らしている。

同じくクロッカスも感心したように頷き、心ない拍手を送ってきた。

「素晴らしいよネモフィラ。その傷でなお立ち向かってくる意志が残っているなんて。君の継承戦にかける思いは、どうやら本物のようだな」

まるで感情のこもっていない拍手を聞きながら、ネモフィラは改めて闘志を迸《ほとばし》らせる。

またミンティを楯にされて止められてしまうかもしれないけれど……。

（……ここで諦めちゃ、ダメだ）

今はとにかく、考えるしかない。

ひたすらに耐え忍んで、この最悪とも言える状況を打開する方法を考えるしかないのだ。

「と、父様、もうこの辺りにしておいた方が……」

見物人たちも歓声を上げる中、ただ一人、この状況をよく思っていない人物がいた。

あまりにも一方的な光景を前に、クレマチスは思わず国王のカプシーヌに一声かける。

この継承戦の勝敗の行方《ゆくえ》は、どちらかが敗北を認めるか、審判のカプシーヌが続行不可能と判断した場合に決する。

ゆえにクレマチスは、この状況をすでに続行不可能なものであると、遠回しにカプシーヌに伝えた。

本音はネモフィラに勝ってほしいと思っているが、これ以上続ければ大事故に繋《つな》がりかねない。

何より不審な点が多々あるため、今回は引き下がるのが利口だと思った。

カプシーヌも今の戦況を鑑みて、勝負は決したものと判断したのか、会場に声を響かせる。

「此度《こたび》の継承戦、勝者は……！」

「まだ！」

それを、ネモフィラの叫び声が遮る。

彼女は滅多に出さない大声でカプシーヌに言った。

「まだ、私は………負けてない！」

「……」

ネモフィラの叫びに、カプシーヌは言葉を詰まらせる。

彼女の身を案じての提案だったのだが、当の本人にそう言われてしまってはとても中断はできなかった。

（…………眠い）

ネモフィラはすでに、意識を保っているのが精一杯ではあったが、闘志を示すように改めて身構える。

するとクロッカスが、ネモフィラの懸命な姿を見て、不意に自身の胸に手を当て始めた。

「ネモフィラ。先ほどは『王の器ではない』だなんて言って悪かった。君には充分にその素質が宿されているよ」

「……」

こちらの力強い宣言を聞いて、心を打たれたと言わんばかりに頷いている。

頬が微かに緩んでいることから、そんな気持ちはまったくないことが伝わってきた。

「たった一人の従者のためにそこに立ち、体を傷だらけにしながらも剣を振るう。なんとも健気で涙ぐましい限りだ」

クロッカスは憎らしい身振り手振りを交えながら熱弁する。

直後、二階にいる見物人たちに聞こえるくらいの声量で、唐突に宣言した。

「だから改めて、ここに約束しよう！　君の願いは私が代わりに叶《かな》えてみせる！　国王になった最初の責務として、ネモフィラが望むことを実現してみせようではないか！」

事情を知らない者が見ていたら、おそらくこう思うことだろう。

ネモフィラの献身に心を打たれたクロッカスが、彼女の思いを引き継いだ場面だと。

たとえネモフィラがここで敗北したとしても、クロッカスの慈悲によって願いは叶えられる。

感動的な話だ。麗しい兄妹愛だ。

クロッカスが裏で何をやっているのか知らなければ、そう映るに違いない。

「だからもう、終わりにしようネモフィラ」

クロッカスはそう締め括《くく》ると、おもむろに懐に右手を入れた。

奴はそこから漆黒の小杖《ワンド》を取り出す。

見物人たちの興味も、自然とそちらに集中した。

「過去、コンポスト王国に絶大なる被害をもたらし、史上最悪の魔獣として恐れられた『邪竜《カオスドレイク》』。これはその死骸から作った魔法触媒だ」

確かに、禍々《まがまが》しい気配がこちらまで漂ってくる。

奴が持つどの触媒よりも、凶悪な力を感じた。

「魔法の名前は【邪炎《カオスフレア》】。大地を焼き尽くし、空気を焦がす黒炎の魔法。私が扱える中で最高位の魔法だ。これで、君を倒す。無論、手心は加えるつもりだよ」

クロッカスは真っ黒な小杖の先端を、ゆっくりとこちらに向けてきた。

もう、魔法を避けられる力も残っていない。

受け切れるだけの体力ももちろんなかった。

ネモフィラは力なく剣を下ろす。

(……ごめんね、ミンティ)

悔しさを噛み締めながら、心の中で深く謝罪をする。

頑張れば何とかなると思っていた。

たとえ弱らされていたとしても、意地さえあれば勝てるのではないかと。

でも……

「わたし…………勝てなかったよ」

ネモフィラの瞳に涙が滲む。

己の弱さを痛感させられて、彼女は深く俯《うつむ》いた。

それを嘲笑《あざわら》うかのように、クロッカスが不気味な笑みをたたえる。

「私の勝ちだ、ネモフィラァ!!!」

儚《はかな》げな涙が流れて、彼女の頬からこぼれ落ちた。


「お嬢様ぁぁぁぁぁぁ!!!」


「……っ！」

涙が落ちた、その瞬間——

聞こえるはずのない声が、中庭の全体に響き渡った。

ネモフィラは俯けていた顔を咄嗟に上げて、声のした方を振り返る。

幻聴かと思った。気のせいかと思った。頭が勝手に都合のいい声を聞かせているのかと思った。

でも、違う。

城の二階にあたる場所に、見物人たちを押しのけるようにして身を乗り出す、小さな人影を見つけた。


「ミン……ティ？」

幻覚……ではない。

自分がミンティの姿を見間違うはずもない。

確かにそこには、クロッカスの策略によって連れ去られてしまった、従者のミンティがいた。

周囲の目もそちらに集まる。

またしても奴の悪巧みだろうかと思って、クロッカスの方を見ると……

奴は、心の底から驚愕するように、目を限界まで見開いていた。

「な、なぜあの使用人がここにいるんだ⁉　まだ解放の指示は……！」

「お嬢様、ミンティは無事でございます！　ロゼ様たちに、助けていただきました！」

「ロゼ、が……」

その時、ミンティの後ろに、手を振る彼の姿を見つける。

今朝から姿を見せていなかったロゼ。

用事があって城外へ出掛けていると聞いていたが、まさか彼はミンティを助けるために……

「ですからお嬢様！　何もお気になさらず、全力で戦ってくださいませ！」

ミンティは珍しく声を張り上げる。

そして喉を掠《かす》れさせながらも、二階から力強い声援を送ってくれた。

「この国の王に相応《ふさわ》しいのは、誰が何と言おうとも…………ネモフィラお嬢様でございます!!!」

「……」

その一言だけで、折れかけていた心が嘘のように元通りになった。

ミンティが、ちゃんと戻って来てくれた。

ロゼが、助けに行ってくれたのだ。

今度は別の意味で瞳の奥を熱くさせる。

感謝の言葉を今すぐに伝えたかったけれど、今はそれよりも先にやるべきことがある。

「……っ！」

駆けつけて来てくれたミンティは、全身がボロボロになっていた。

泥だらけの衣服。傷だらけの手足。腫れ上がった頬。

連中に何をされたのかは一目瞭然だった。

ネモフィラの頭の中で、何かがプツリと切れる。

追い詰められた最後まで外すことがなかった指輪を、彼女は投げ捨てた。

体が軽くなっていく。胸の苦しさが消えていく。反対に頭はカッと熱くなっていく。

「ま、待てネモフィラ。少し話し合おう」

ネモフィラから溢《あふ》れんばかりの憤りを感じたのか、クロッカスが激しく動揺する。

ネモフィラは細めた目でクロッカスを睨《ね》めつけた。

「わ、私じゃない！　あの使用人を傷付けろだなんて指示は出していない！　奴らが勝手に暴走しただけだ！」

こちらは何も言っていないのに、自ら言い訳をこぼしていく。

自分は悪くないのだと。悪いのは命令を無視した連中だと。

「本当だ！　私は何も言っていない！　私が出した指示は使用人の拉致監禁だけだ！　頼む信じてくれ！」

ネモフィラはゆっくりと歩み寄っていく。

その迫力に気圧《けお》されたように、クロッカスが深く頭を下げた。

「わ、悪かった！　ほんの出来心だったんだ！　まさかお前がここまで強くなってるなんて思わずに、つい魔が差してあんな命令を……！」

瞬間――

奴はバッと顔を上げて、漆黒の杖を構えた。

「【邪炎】ッッ!!!」

杖の先端から黒々とした業火が迸る。

人に向けて撃つような大きさではない殺戮《さつりく》の魔法。

こちらを油断させて不意打ちを狙った一撃だ。

その魔法の強大さに、周囲の観客たちが悲鳴を上げていた。

「もういいよ」

刹那――

ネモフィラが片手を振り、埃を払うように黒炎を消した。

「…………はっ？」

クロッカスの手持ちの中で、最高位の破壊魔法。

史上最悪と言われた魔獣を媒体にして作った、最高傑作の魔法触媒。

そこから放たれた最たる一撃を、ネモフィラは羽虫を払うようにして掻き消した。

傷どころか、砂埃一つすら付けることができていない。

本来の力を取り戻したネモフィラに、クロッカスの魔法はまるで通用しなかった。

「……もういい。もう顔も見たくない。言い訳も聞きたくない。何も喋《しゃべ》らないで」

ネモフィラは左手を開いて、そこに全霊の力を込める。

「【判定《ジャッジメント》】……」

このスキルは、相手の〝罪の重さ〟に応じて発動効果が変わる。

一定距離に近づいてきた者を僅かに弱体化させる【侵入罪《クリミナル》】。

攻撃をしてきた者に衰弱の呪いを掛ける【不敬罪《ネメシス》】。

さらにその上、攻撃によって傷を負わせてきた者に、頑強値を基準にした〝魔力の一撃〟を叩き込む……

「【反逆罪《リベリオン》】」

強烈な魔力の光が、ネモフィラの左手に宿った。

圧倒的な力を目前にして、クロッカスは底知れない恐怖を覚える。

咄嗟にその場から逃げ出そうとしたが、クロッカスは急激な倦怠感《けんたいかん》に襲われて片膝をついた。

「こ、これは……！　ヒイラギがやられた……！」

衰弱の呪いを掛ける【不敬罪】により、クロッカスの体はすでに蝕まれていた。

力を失くして膝をつくクロッカスに、ネモフィラは静かに歩み寄る。

冷え切った視線で奴を見下ろしながら、おもむろに左手を振りかぶった。

「や、やめてくれ……！　体が、動かないんだ……！」

「……」

絶望感で瞳に涙が滲んでいる。

クロッカスは声を震わせながら、目の前のネモフィラに懇願した。

「わ、私はもう継承戦を降りる！　罪もすべて告白する！　だから――」

「もう……喋らないでッ!!!」

パンッ!!!

強烈な張り手が、クロッカスの右頬を襲った。

ネモフィラの左手に宿った魔力が爆発して、クロッカスの肉体がその場から消え去るように激しく吹き飛ぶ。

手心を加えていたが、クロッカスは歯の折れた顔面を押さえながら、痛みで悶え苦しんだ。

「がっ……ああっ……あああぁぁぁぁぁ!!!」

「ミンティの痛み、少しはわかりましたか。クロッカス兄様」

直後、クロッカスの全身に呪いが巡り、奴は意識を失った。

終章

継承戦は無事に終了した。

勝者はネモフィラさん。

弱体化の魔法道具から解放されたネモフィラさんは、圧倒的な実力を見せてクロッカスを撃破した。

見物人たちもその光景を見ていて、彼女の本領に心底驚いた様子を見せていた。

間に合って本当によかったと思う。

あの後、ローズとコスモスが誘拐集団の連中を引き受けてくれて、その間に僕はミンティを背負って王都まで走った。

そのおかげで僕たちは継承戦に間に合うことができたので、二人がいなかったらと思うと今でもぞっとする。

その後、ネモフィラさんとミンティの証言、それから魔法道具という何よりの動かぬ証拠により、クロッカスの悪事が露見した。

顔をパンパンに腫らしたクロッカスが、中庭で大勢の人間たちから糾弾されている光景は、見ていてなんだか清々《すがすが》しい気持ちになってしまった。

これから具体的にクロッカスの裏を調べて、洗いざらい悪事を明らかにするらしい。

そのため彼の処罰は、追々《おいおい》決めていくとのことだ。

そんな形で後味悪く、継承戦の二日目を終えると、クレマチス様が皆の前で宣言した。

『私は大病を患っており、余命幾許《いくばく》もない状態だと宣告されております。そのため私は王位継承戦を辞退させていただき、継承戦の勝者はこちらにおります第三王女のネモフィラとなります』

次いで彼女は国王のカプシーヌ様と視線を交わし、さらに続ける。

『よって本日をもって継承戦は終了となります。お集まりいただいた関係者の皆様には突然のご連絡になってしまって申し訳ございません。代わりに明日は、ささやかながら午餐会《ごさんかい》と式典を予定しておりますので、是非ご参加いただけますと幸いです』

クレマチス様のその台詞《せりふ》が、継承戦の終了を告げる合図となった。

当然、その場にいた見物人全員が、ぽかんとした顔で固まっていた。

同じように傍らで話を聞いていたクロッカスは、目と口をこれでもかというくらい大きく開いて、驚愕をあらわにしていた。

クレマチス様が棄権するとは知らず、ましてや余命僅《わず》かであることなどこの場で初めて聞いたのだろう。

余計な異議など唱えなければ、継承戦を経ずとも勝手に継承順位一位になれたはずなのに。

奴は心の底から後悔するように深く項垂《うなだ》れていた。

以上が、継承戦の事の顛末《てんまつ》である。

そんな継承戦から、早くも二週間が経過した。

◇

「二人とも、今回は本当にありがとう」

王都チェルノーゼムから帰還して二週間後のこと。

育て屋には僕の他に、ローズとコスモスもいて、三人で机を囲んでいた。

卓上には僕が手がけた料理やお店で買って来たご馳走が並んでいる。

なぜ三人で食卓を囲んでいるのかと言うと……

「い、いいんですか？　こんなに頂いてしまって」

「うん、遠慮しないで好きなだけ食べて行ってよ。あの時のお礼なんだから」

ミンティ救出を手伝ってもらったお礼をするために、ローズとコスモスにご飯をご馳走する約束をしていたからだ。

あれから二週間が経過してしまったけれど、こうして二人揃ってうちに来てくれて本当によかったと思う。

あれだけの活躍をしてもらって何もお返しができていなかったのは心苦しかったから。

というわけでようやくその機会に恵まれて、三人で手を合わせてご馳走を食べることにした。

二人が笑顔で料理を食べ進めるのを見られて、僕も釣られて笑みが漏れてしまう。

やがてそれなりに食べ進めた辺りで、コスモスが不意に僕に問いかけてきた。

「それにしても、本当によかったの？」

「んっ？」

「王城への長期滞在とか許されてたんでしょ？　もう少し向こうに居てもよかったんじゃないの？　王城に泊まれる機会なんてこの先ないかもしれないんだし、こんな早くこっち戻って来ちゃうなんてもったいなかったんじゃない？」

なんだ、そのことか。

まあ、もったいないと言われたらそうかもしれない。

ネモフィラさんやクレマチス様からも、今回の件で色々とお礼をしたいって言ってもらったし、もっと長期間王城に残ってもよかったんだけど。

結果的に僕は、継承戦の後に三日ほど城内に泊まっただけで、すぐにヒューマスの町に帰って来てしまった。

コスモスと同じく、ローズもそのことを疑問に思っていたようで、不思議そうな視線をこちらに向けている。

「ネモフィラさんとクレマチス様が、色々と忙しそうだったからさ。その邪魔をしたくなかったんだよね。何より僕には〝育て屋〟があるから」

「あぁ、それもそうね」

ネモフィラさんはまだ王様になったわけではない。

継承戦はあくまで継承順位を再確定させただけなので、正式な譲位はまだ先の話だそうだ。

だから別段、今は忙しくないかもと思ったのだけど、今からやらなければならないこともたくさんあるらしい。

という雰囲気を感じ取ったので、王家の人間ではない僕は早々に王城から立ち去ることにしたのだ。

「というか、陰の功労者の二人を差し置いて、僕だけ贅沢なんてできないよ。どうして二人とも王城に来なかったのさ」

ローズとコスモスが一緒に来てくれたら、まだ居心地の悪さを誤魔化すこともできただろうに。

誘拐集団との戦闘の後。

二人は奴らを一人残らず倒すことができたみたいで、王都から派遣された王国軍に奴らの身を任せたそうだ。

それから兵士さんづてで、国王様やクレマチス様から王城へ招かれていたみたいだけど、なぜか二人はそのまま踵《きびす》を返してヒューマスの町に帰ってしまったらしい。

別に呼び出しは強制ではなかったようだけど、どうして断って帰ってしまったのだろうか？

ネモフィラさんだって二人に色々とお礼をしたいと言っていたのに。

「そ、その、長時間走っていたせいで、多少の汗をかいていて、その状態でお城へ入るのはご無礼かと思いまして……」

「ていうか突然呼び出されたせいでろくな格好してなかったのよ。継承戦やってて貴族連中が集まってる城に、普段着で入れるわけないでしょ」

「そ、そうですか……」

王国軍について行かずに帰ってしまったのはそれが理由だったのか。

まあ確かに女の子たちなら気にすることか。

僕はいつも通りの格好で入っちゃってたけど。

「それにこうしてロゼさんに労《ねぎら》ってもらっているので、それで充分嬉しいですよ」

「ていうか三人でこれは絶対に食べ切れないでしょ。どれだけ張り切って準備したのよあんた」

「いやぁ、これ以外に僕ができる恩返しって特に思いつかなかったからさ」

力が入ってしまうのも必然的である。

それに二人はこれだけのもてなしをされるだけのことをしてくれたんだから。

……というか、これだけでは到底足りないほどだ。

馬車で四日近くはかかる道を、たった八時間で走り抜けてもらい、そのうえ誘拐集団との戦闘まで完全に任せてしまった。

家に招いて料理を振る舞うだけで、果たして充分にお礼ができていると言えるだろうか？

僕は王城でクレマチス様やネモフィラさんにたくさん感謝されて、お礼とかもいっぱいしてもらったのに、僕以上に活躍している二人がこれだけしか労われていないなんて……

もしかしたら無茶をさせてしまった申し訳なさから、二人へのお礼に力が入ってしまったのかもしれない。

「そんなに申し訳なさそうな顔しないでください」

「えっ？」

気持ちが顔にあらわれていたのか、ローズが気遣うように微笑んでいた。

次いでコスモスと顔を見合わせると、二人してクスッと笑い声をこぼす。

「やっぱり変な気ぃ遣ってたのね。別にあれくらいのことならなんでもないわよ」

「そうですよ。ロゼさんからのお願いでしたら、たとえヒューマスから王都に駆けつけるのだって、誘拐集団と戦うのだってお安い御用なんです。何より私たちのこの力は、ロゼさんのものでもあるんですから」

「僕の、もの……？」

二人の力が？　それってどういう……

「この力を目覚めさせてくれたのは、他でもないロゼなのよ。だからこの力をどのように使ってもらっても、私たちはまったく気にしないわ」

「ですからまた困ったことがありましたら、いつでも私たちを頼ってくださいね。微力ながらお助けしますから」

「……」

二人に優しい言葉を掛けてもらって、僕は思いがけず言葉を失くしてしまう。

育成師として彼女たちの力を目覚めさせたのは僕だから、それは実質僕のもの……

そんな風に考えることは一切できない。

だから好き勝手に彼女たちから力を借りることは、やはりできないと思う。

でも……

「ありがとう、二人とも」

力を借りた分、今日みたいに目一杯のお礼をしよう。

自分の気が済むまで、たくさんの恩返しを。

自分の中でそう完結させて、僕は改めて二人にお礼を返した。

その後、僕たちは食事を続けて、あらかた食べ終わったところで食事会はお開きとなった。

満足そうにして二人が帰って行くのを見送ると、そこでようやく今回の一件が完全に終わったような感覚を覚える。

長いようで短かった、ネモフィラさんからの育成依頼。

まさか僕が王女様から依頼を受けて、王様になる手伝いをすることになるとはまったく思わなかった。

一つの依頼を終えたことで、いつものあの達成感がじわじわと込み上げてくる。

同時にいつもは感じない、虚無感にも似た寂しさを僕は味わっていた。

「……ネモフィラさん」

ローズやコスモスと違って、ネモフィラさんが遠い存在の人になってしまったからだろうか。

将来、一国を背負って国民を先導する次期国王様。

せっかく知り合いになって仲良くもなれたから、できればこれからも育て屋さんに遊びに来てくれたら嬉しいのだが……

それはとても難しいものになってしまった。

改めて寂しさを滲《にじ》ませながら、テーブルを片付けていると……

コンコンコンッ。

不意に玄関の扉が叩かれた。

「んっ？」

ローズかコスモスが何かを忘れてやって来たのだと思って、僕は急いで玄関に駆け寄る。

「忘れ物でもしたのかな……？」

それらしい物は見当たらなかったので不思議に思ったが、とりあえず扉を開けてみることにした。

するとそこには……

「えっ……？」

ローズでもなく、コスモスでもない……

彼女たちの華奢な姿とは正反対に、巨大な人影がそびえ立っていた。

徐々に目線を上げてその人影を見上げると、目に馴染んだ鮮やかな青髪が視界に飛び込んでくる。

「久しぶり、ロゼ」

「……」

コンポスト王国次期国王、ネモフィラ・アミックスさんがそこにはいた。

……本当に遊びに来てくれた。

ネモフィラさんの突然のご訪問に、僕は思わず呆気にとられる。

都合のいい幻覚を見ているのではないかと思い、僕はそれを確かめるように問いかけた。

「ネモ……フィラさん？　どうして、突然うちに……」

「お礼、言いに来たの。あの時のお礼」

「お礼……？」

相変わらずの端的な返答に、僕の首は自然と傾いた。

「お嬢様は、王位継承戦の際に助けていただいたお礼を、改めてしたいと仰っております」

「んっ？」

直後、ネモフィラさんの後ろから馴染みのある声が聞こえてきた。

次いで彼女の後ろから、小さな人影が顔を覗かせる。

「お久しぶりです、ロゼ様。お元気そうで何よりでございます」

「ミンティ……」

執事のような格好をした、緑髪の十歳前後の少年ミンティ。

見慣れた二人の姿に、僕は自然と安心感を覚える。

同時に、ものすごく既視感がある光景だと思った。

そういえば初めてここに来た時も、二人とはこんなやり取りをしていたような……

「王位継承戦の件、深く感謝しております。それについてのお礼を、まだ具体的にさせていただいておりませんので、本日は伺わせていただいた次第でございます。……と、お嬢様は申しております」

「な、なるほど……」

事情を理解した僕は、すぐに二人を家の中にあげた。

片付けたばかりのテーブルにお茶とお菓子を用意する。

お礼をしに来たのはこちらの方だからと二人には止められそうになったけれど、僕はこのスタイルが一番落ち着くのでもてなしの準備を整えた。

するとネモフィラさんから、お礼の品として高級そうな手提げ袋を二つもらう。

中にはかなり高価であろうお菓子や茶葉、食器の数々がこれでもかというくらい詰め込まれていた。

もう何度もこの育て屋に来ているだけあって、僕の好みを完璧に把握しているらしい。

ちなみに中にはローズとコスモス宛ての物も含まれていた。

「本当は、もっと高い物とか、お金とか渡したかったんだけど、ミンティに止められた。それだとロゼ、受け取ってくれないかもって」

「まあ、確かに直接金銭を受け取るのはちょっと……。報酬なら育て屋としてもうもらってますし」

ミンティ、よくわかっている。

「そもそも僕は、こうして会いに来てくれただけでもとても嬉しいですよ。ネモフィラさんはすでにお忙しい身ですし。譲位の準備とか大変じゃありませんか？」

それこそこうして僕と話している時間も惜しいくらいなのではないだろうか。

そう思って尋ねてみると、ネモフィラさんは無表情の上に僅かに疲れた様子を滲ませた。

「うん、ちょっと大変。色々難しいこと、覚えなきゃいけないし。譲位の後は、エルフ族のこと、一番先にやりたいから」

ネモフィラさんが王様を目指していた一番の理由。

それはミンティが暮らしやすい国……エルフ族が暮らしやすい国を作るため。

そのための具体的な政策もこれから考えなければならないだろうし、やはりやることは山積みのようだ。

「クレマチス姉様にも、たくさん助けてもらってるから、いい王様にならないと。クロッカス兄様のこととか、今は全部任せちゃってるし」

「確か今はクレマチス様の主導で、第一王子クロッカスの不義を調べてるんですよね」

「うん。それを〝最後の仕事〟にするって、姉様は言ってる」

「そう、ですか……」

クレマチス様の寿命は、もう残り少ない。

だから最後の責務を全うするなら、この件が最適だと判断したのだろう。

それで完全に綺麗な状態で、ネモフィラさんに継承権を渡すということだ。

クレマチス様らしい。

「だから、エルフ族の差別問題を解決したら、次は霊王軍をどうにかしたいって思ってる」

「霊王軍？」

「クレマチス姉様に呪いを掛けた魔獣を捕まえたり、これ以上同じ被害を出さないために霊王軍を止めたり」

……なるほど。

エルフの差別問題解消よりも、さらに難しそうな問題だが、ネモフィラさんはまた新たに目標を定めたようだ。

クレマチス様の意思を引き継いで、同じ被害を出さないために霊王軍をどうにかする。

今はネモフィラさん一人でも莫大な戦力になるので、霊王軍と本格的に争うことになっても問題はないだろう。

と思っていると、ネモフィラさんが若干冗談交じりに言った。

「その時はまた、ロゼに助けてもらおうかな。ミンティを助けてくれた時みたいに。姉様もロゼに、できれば王国軍に入ってほしいって言ってたし」

「ま、魔王軍との戦争ともなると、さすがに僕では何もできないと思いますよ。ミンティを助けてあげることができたのも、結局はローズとコスモスがいてくれたおかげですし」

たとえ軍に入れてもらえたとしても、僕では大した活躍はできないと思う。

それこそローズやコスモスの方が適任ではないだろうか。

あれほどの人材が加わったとなれば、軍の戦力も磐石なものになるだろう。

そう、僕なんかとは違って。

「……ロゼ？」

「あっ、その、ごめんなさい。ミンティを助けた時のことを、思い出してしまって」

あれだけ威勢良く『僕がミンティを助けに行く』と宣言したのに、結局最後はローズとコスモス頼みになってしまった。

情けないことこの上ない。

本当だったら僕一人でなんとかしたいと思っていたけれど、二人みたいに鮮やかには行かないものだ。

思えば、勇者パーティーにいた時にも、似たような気持ちを何度も味わったっけな。

すごいのは自分ではなく、あくまでみんなの方なのだと。

「今回の件で、改めてよくわかりました。僕は冒険譚《たん》の主人公みたいな、かっこいい英雄にはなれないみたいです。まあ、別になりたいってわけではないんですけど」

ただ、近くですごい人ばかりを見ていると、自ずと考えさせられてしまう。

自分にも、果たしてこんな才能があるだろうかと。

大勢の悪人たちを一瞬で蹴散らせるくらいの才能が。

明らかに劣勢の状況でも、この人さえいればすべてひっくり返せると思わせられるくらいの才能が。

当然、僕にはそのような才能は微塵《みじん》もない。

「誰かを助けるためには力がいる。そして僕の力はあくまで、他の人を成長させるためのものですから、僕自身が活躍することはできないんです。一生、脇役を義務づけられた力」

情けなさというよりかは、極度の恥ずかしさを覚えながら僕は続けた。

「あれだけかっこつけて、ミンティを助けに行くって宣言したのに、結局最後はローズとコスモスに助けてもらっちゃいましたからね。自分の弱さを改めて思い知りました」

「ロゼ様……」

あまりの情けなさから思わず苦笑を浮かべてしまう。

そしてつい自嘲的な笑みを滲ませていると、不意にネモフィラさんが席を立ち、なぜか僕の後ろに回って来た。

直後、僕の頭に手を置いて、ゆっくりと撫でてくれる。

その意味がまるでわからずに呆気にとられていると、ネモフィラさんは後ろから静かに声を掛けてくれた。

「それでも、ロゼは私の英雄だよ」

「……」

若干乱れている僕の髪を梳《と》かすように手を動かしながら、ネモフィラさんは続ける。

「私を強くしてくれた。私を王様にしてくれた。大切な人を助けてくれた。大勢の英雄にはなれないかもしれないけど、ロゼはとっくに、私の英雄になってるよ」

心優しいその言葉を掛けてもらって、この行為の意味をようやく理解する。

どうやら、元気づけてくれているらしい。

たとえ大勢を救えるような英雄にはなれなくても、もうとっくに一人を救うことはできていると。

ネモフィラさんの英雄になれているのだと。

その事実に嬉しい気持ちになっていると、今度は不意にミンティが僕に微笑んでくれた。

「それとロゼ様は、少々誤解をなさっているみたいですが……」

「んっ？」

「ご自分のお力を、もう少しだけ信じてみてもよろしいのではないでしょうか？」

自分の力を、信じる？

「ロゼ様に助けていただいた時、凄《すさ》まじい力をお持ちだとわたくしは思いました。確かにローズ様やコスモス様のような強烈な力は、今はないかもしれませんけど……」

ミンティは真っ直ぐな瞳でこちらを見ながら、意味深な言葉を送ってきた。

「あのお二人に劣らないほどの〝潜在的な力〟を、わたくしはロゼ様の中に見た気がします。もちろんわたくしの勘違いかもしれませんけど、天職にはまだまだ未知の可能性も秘められていますから、今一度ご自分の力と向き合ってみてはいかがでしょうか？」

「……」

僕に、潜在的な力が……？

ネモフィラさんと同様、慰めるためにそう言ってくれたのかと思ったけれど、同情から出た虚言とは思えないほど説得力のある言葉だった。

人間とはまた少し違った感覚を持っているエルフ族として、何か僕から感じるものでもあったのだろうか？

確かにそれはミンティの勘違いという可能性もある。でも……

「ありがとう、ミンティ。これからはもうちょっと自分の力を信じてみるとするよ」

そう伝えると、ミンティは力強い頷きを僕に返してくれた。

すると傍らでそれを聞いていたネモフィラさんが、ミンティに続けて励ましの言葉をくれる。

「何か、手伝ってほしいことあったら、今度は私がロゼを手伝うよ。困ったことあったらなんでも言って」

「はい、ありがとうございます」

なんとも頼もしい言葉を掛けてもらい、僕はさらに救われた気持ちになった。

困ったことがあったらなんでも言って、か。

強くなるための手助けをするという意味でそう言ってくれたのだろうが、僕は反射的に別のことを考えてしまい、こんな言葉を返してしまった。

「で、でしたらその、関係ないことで申し訳ないんですけど……」

「……なに？」

「もし、また時間があったらでいいので、是非この育て屋に遊びに来てください。次期国王様にそんな暇はないと思うんですけど……」

ダメ元でお願いしてみると、ネモフィラさんは意外にも前のめりな答えを返してくれた。

「うん、また絶対に遊びに来る。だからロゼも、またうちに遊びに来てね。友達の家みたいに、気軽に来ていいから」

「……はい、ご迷惑でなければ」

目の前のミンティが、僕の後ろにいるネモフィラさんを見て笑顔になっている。

気になって振り返ってみると、いつもは変化の薄い彼女の顔に、今は温かな笑みが確かに浮かんでいた。

遅ればせながら……登場人物紹介

（ロゼ）
アロゼ・フルール

本編の主人公。剣聖・ダリア率いる勇者パーティー『平和のお告げ《ピースサイン》』の元メンバー。パーティーを追放されてからは故郷の町に戻り、顔なじみのギルド職員テラに（強引に）背中を押され育て屋を開業。お人好しで涙もろい性格で、厄介事に巻き込まれがち。

ローズ・ベルミヨン

農家生まれの純朴娘。母親が霊王軍幹部に呪いをかけられ、その解呪費用を稼ぐために冒険者になる。ロゼの育成により『戦乙女』として驚異的な力に目覚めるも、ロゼに立替えてもらった解呪費用と育成報酬を返すという名目で、はじまりの町に通い続けている。怒ると恐ろしい。

コスモス・エトワール

地方領主家に生まれ将来を期待されていたが、『星屑師』という天職が無能だと判断され実家から追い出された。だが、ロゼとの修行で才能が開花し、『流星魔法』は隕石級の大岩を降らすほどになった。将来の夢は「帰りたい」と思える家庭を築くこと。小さな胸がコンプレックス。

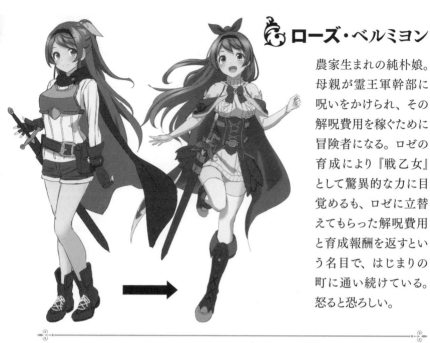

ネモフィラ・アミックス

コンポスト王国の第三王女。幼い頃は病弱かつ臆病、天職の能力も不確かだったため両親から目を掛けられずに育つ。虐げられているエルフ族を助けるために王様になることを目指している。修行のために、はじまりの町に来て冒険者として活動をしていた最中に育て屋の存在を知った。

テラ・ブルーヌ

ロゼに育て屋を開業させた張本人。10歳からギルドの受付業務をしており、ロゼのことを何かと気にかけている。レアな天職を持っており、冒険者を目指していたことも…？

ミンティ・ブランシュ

人類から迫害を受けているエルフ族の生き残り。王都で人々に囲まれているところを、幼かった頃のネモフィラに救われた。以来、専属使用人として彼女を公私に渡り支えている。

あとがき

作者の万野みずきです。

この度は『はじまりの町の育て屋さん』の第二巻をお手に取ってくださり誠にありがとうございます。

第一巻に引き続き、第二巻でも伸び悩んでいる人の手助けをして、育て屋さんらしい活躍をお見せすることができたかなと思います。


本作は勇者パーティーを追い出された主人公が、駆け出し冒険者の町に戻って育て屋を始めるという物語になっています。

しかし元々は育て屋を始めるという構想はなく、普通に冒険者として再スタートするというプロットを立てていました。

勇者パーティー時代の仲間たちよりも優しくて才能に溢れた人たちと出会い、パーティーを組んで成長の手助けをする。

そして冒険者としても躍進していき、いずれは元のパーティーをも超えて世界に名前が知られる。

という流れになるはずだったのですが、主人公の育成師の力をもっと面白く活用できないかと思って頭に浮かんだのが『育て屋さん』でした。

おかげで『育て屋さん』という他の作品との違いを出すこともできたので、この形にして正解だったかなと思います。

というわけで本作は、主人公が裏方で頑張るという、流行とは逆行するお話になっています。

ただ、主人公が冒険者として表舞台で活躍する展開も見たかった気もしますけど。

そうなると今の『育て屋さん』とはだいぶ作品の雰囲気が変わって、それも面白そうですね。


では、ここからはお礼になります。

Ｗｅｂサイトへの投稿時から応援してくださった読者の皆様、書籍から手に取ってくださった方々、誠にありがとうございます。

そして本作の刊行にご尽力くださった関係者の皆様、ヒロインはもちろん登場人物たち全員をこちらのイメージを超えて魅力的に描いてくださった大空若葉様にも、改めて感謝を申し上げます。

それでは、またどこかでお会いできたら幸いです。

ある日拾った
ボロボロの
クマのぬいぐるみは、
GC NOVELS
史上最強の大賢者、転生先がぬいぐるみでも最強でした
The Strongest Magical Teddy Bear!
ジャジャ丸
イラスト◎わたあめ

300年前の世界から
転生してきた
最強の
大賢者さん
でした――。
漫画◎森みさき
……よし！
ぬいぐるみさん
キレイになったね
はあ――!!!?
コミックライド
にて
コミカライズも
スタート！
https://www.comicride.jp/
異世界"テディベア"ファンタジー
①～③大好評発売中！

GC NOVELS

はじまりの町の育て屋さん 追放された万能育成師はポンコツ冒険者を覚醒させて最強スローライフを目指します 2

2023年3月6日初版発行

著者 万野みずき

イラスト 大空若葉

発行人 子安喜美子

編集 並木愼一郎

装丁 森昌史

印刷所 株式会社エデュプレス

発行 株式会社マイクロマガジン社
〒104-0041 東京都中央区新富1-3-7 ヨドコウビル
［販売部］TEL 03-3206-1641／FAX 03-3551-1208
［編集部］TEL 03-3551-9563／FAX 03-3551-9565
https://micromagazine.co.jp/

ISBN978-4-86716-398-6 C0093

本書は小説投稿サイト「小説家になろう」(https://syosetu.com/)に掲載されていたものを、
加筆の上書籍化したものです。